주석으로 쉽게 읽는
고정욱 그리스 로마 신화 7

주석으로 쉽게 읽는

고정욱 그리스 로마 신화

7

헤라클레스의 도전

고정욱 지음

애플북스

Greek and Roman Mythology

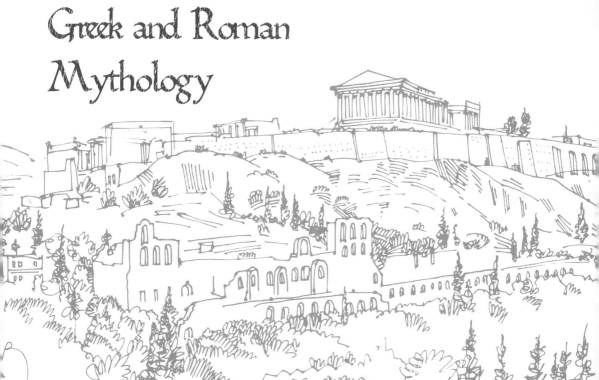

차
례

1

영웅이 탄생했다

    고대 그리스는 작은 도시국가들의 연합체였다. 교통이 발달하지 않은 시대에 각각의 지역에서 사람들을 규합해 만든 것이 도시국가였다. 그러다 보니 작은 나라들 사이에 전쟁이 끊임없이 일어났다. 조금이라도 부와 인구를 자랑하는 나라가 있으면 빼앗아 자기 것으로 만들었다. 숱한 전쟁 속에서 승자가 되었다 하더라도 언제 더 큰 나라에 먹힐지 모르는 상황이었다. 전쟁의 끝도 알 수 없었다. 무언가를 세울 만하면 파괴되고 살 만하다 싶다가도 어느새 평화가 무너지는 것이 당시 그리스였다.

    "우리에게는 영웅이 필요해. 이 모든 혼란을 한 번에 정리해줄 영웅 말이야."

그리스 사람들은 영웅의 탄생을 애타게 기다렸다. 그도 그럴 것이 이들은 같은 언어를 쓰고 있을 뿐 아니라 생활방식과 문화도 비슷했다. 신을 믿었으며 자신들은 신의 후예라고 생각했다. 이러한 그리스를 하나로 통일하여 부강한 나라를 만들어줄 영웅이 절실했다. 그러나 영웅은 인간들이 바란다고 나타나는 것이 아니었다. 신들의 허락이 있어야 한다.

"제우스 신께서도 그리스의 통일을 원하지 않을까?"

"제우스 신께서는 우리 편이야. 우리가 통일된 나라로 번영하기를 바라실 거야."

"그렇다면 신들도 인정하는 위대한 영웅이 곧 나타나지 않겠어?"

그리스 사람들은 위대한 제우스 신이 인간들을 위한다면 영웅을 보내줄 거라는 희망을 가지고 있었다. 작은 도시국가가 아니라 그리스 전체, 아니 전 세계에 위엄을 떨칠 영웅 말이다.

이때 제우스가 보내준 것이 자신의 아들 헤라클레스였다.*

제우스는 올림포스산에서 지상을 내려다보며 늘 생각했다.

'내 아들은 모름지기 가장 부강한 나라에서 태어나야 하는 법.'

한마디로 강한 나라에서 태어나야 위대한 영웅이 될 가능성이 크다는 것이었다. 그리스의 수많은 도시국가 중에서 가장 강력하게 떠오르는 나라는 단 하나, 바로 미케네였다.*

미케네는 제우스의 또 다른 아들인 위대한 영웅 페르세우스가 세운 나라였다. 그러나 미케네 역시 작은 도시국가 중 하나일 뿐이었다. 당시에는 페르세우스의 아들인 엘렉트리온이 나라를 다스리고 있었다. 엘렉트리온 역시 아홉 명의 아들과 알크메네라는 딸이 있었다. 말하자면 제우스의 손주들인 셈이다. 그런데 바람둥이 제우스의 눈에 알크메네가 들어왔다. 신이라는 존재는 인간이 만든 혈연과 문화, 전통, 도덕과 윤리를 초월하는 존재 아니던가. 제우스는 알크메네를 자신의 아들, 즉 영웅을 낳을 어머니로 정해놓았다.

'이 정도는 되어야 그리스를 통일할 위대한 영웅을 낳을 자격이 있지.'

알크메네는 부족한 것 없이 성장했고 야심이 강한 데다 아름다움까지 겸비한 여장부였다. 더구나 기품 있는 미모에 우아한 분위기를 내뿜었다. 지상에서는 그녀의 짝이 될 만한 남자가 없다고 할 정도였다. 제우스가 알크메네를 통해 아들을 낳는다면 위대한 영웅이 될 것이 틀림없었다. 제우스는 수많은 여신들과 다른 나라의 많은 여인들을 살펴보고는 알크메네가 최고라고 결론 내렸다.

헤라의 눈을 피해 또 다른 아들을 낳는 것이 제우스의 숙명이었다. 당시의 도덕과 윤리

여기서 잠깐!!

헤라클레스는 '헤라의 영광'이라는 뜻이야. 헤라클레스는 나면서부터 헤라의 저주를 받았는데 왜 이런 이름을 가졌는지 궁금하지? 그건 바로 후대의 영향이야. 헤라는 그리스 원주민의 신이야. 그런데 헤라클레스는 그곳 이주민의 영웅이지. 융합의 상징으로 이런 이름을 붙였을 거라고 추정해. 실제로 이주민인 도리아인들은 미케네문명을 완전히 파괴했어. 오랜 세월이 흘러 그리스 사람들이 옛날의 끔찍한 기억을 아름다운 추억으로 바꿔 간직하게 되었지.

● ● ●

미케네는 헬라스(고대 그리스) 남부 지역의 비옥한 아르고스 땅에 세워진 도시야. 이들은 풍부한 경제력을 바탕으로 강력한 군사력을 가지고 있었어. 그러다 보니 인구도 많고 능력 있는 사람들이 사방에서 몰려드는 대도시국가였지. 그런 바탕에서 영웅의 이야기가 이어져 나간 거야.

를 오늘날의 기준으로 판단할 수는 없다. 서로 자신이 제우스의 아들이라고 주장하는 왕들도 많았다. 그로 인해 그리스의 신들은 언제든지 좋아하는 다른 여자에게서 아이를 낳는 것을 부끄럽게 여기지 않았다. 헤라클레스를 낳았을 때 제우스 또한 마지막으로 결심을 굳혔다.

'이번 한 번만 아들을 낳고, 더 이상 신이든 인간이든 다른 여인들을 넘보지 않으리라.'

제우스는 마지막 사명을 다하고자 했다.

하지만 모든 큰일에는 난관이 뒤따르는 법이다. 아버지인 엘렉트리온은 알크메네를 티린스의 왕자인 암피트리온*에게 시집보내려고 결심했다. 하지만 약혼은 뜻대로 성사되지 않았다. 타포스섬의 텔레보아이족이 미케네로 쳐들어와서 전투가 벌어진 것이다. 작은 도시국가 사이에 전투는 늘 있었지만 불행하게도 엘렉트리온은 병사를 이끌고 전쟁에 나간 아들들을 모두 잃고 말았다.

텔레보아이족은 사람의 목소리라고는 믿을 수 없는 쩌렁쩌렁한 목소리로 전쟁을 치르기도 전에 이미 상대를 제압했다. 그렇게 미케네 군사들은 전쟁에서 처절하게 패하고 말았다.

"전리품을 챙겨라."

텔레보아이족은 승리의 대가로 엘렉트리온의 소 떼를 노략질해서 모두 가져가버렸다. 미케네를 완전히 멸망시키지는 못하자 대신 재물을 훔쳐 간 것이다. 소 떼를 훔쳐 갔다는 비난과 손가락질이 두려웠던 텔레보아이족은 소들을 처분하려고 엘리스의 왕인 폴릭세노스를 찾아갔다.

"이 소 떼를 사 가시오. 우리가 이번에는 미케네를 멸망시키지 못했지만 다음에는 반드시 왕의 목을 벨 것이오."

그들은 목소리만 큰 것이 아니라 마음보도 시커먼 자들이었다. 폴릭세노스는 훌륭하게 잘 키운 소를 보자 감탄하며 그들이 원하는 비용을 치르고 소를 차지했다.

알크메네와 결혼하려고 모든 준비를 마친 암피트리온은 분노가 치밀지 않을 수 없었다.

"뭐라고? 미케네에 전쟁이 일어나서 왕자들이 모두 죽었다고?"

결혼을 약정한 상황에서 이대로 가만히 있을 수 없었다. 더구나 암피트리온 역시 페르세우스의 손자로 엘렉트리온은 그의 숙부이고, 알크메네와는 사촌지간이었다.

"나라가 피폐하게 되었습니다. 소들도 모조리 뺏겼다고 합니다."

"그렇다면 내가 싸우지 않고도 도움을 줄 수 있겠다."

결혼자금으로 마련했던 돈을 가지고 암피트리온은 폴릭세노스를 찾아가 소 떼를 다시 사들였다. 물론 폴릭세노스는 두 배의 값을 불

알크메네와 결혼하기 전에 제법 많은 모험을 한 영웅이야. 하지만 크게 성공한 영웅이 되지는 못했지. 그는 아들인 헤라클레스를 위해 조연 역할을 맡은 것이나 마찬가지야. 이야기에서는 중요한 인물도 항상 주인공에게 가려지곤 하니까. 그래서 우리는 주인공이 되려고 애쓰는 건지도 몰라.

러 순식간에 큰 이익을 보았다.

"이 소들을 끌고 가면 미케네 왕께서 좋아하시겠지?"

수천 마리의 소 떼를 몰고 미케네로 가는 장면은 장관이었다. 암피트리온은 소들을 전해주고 아름다운 알크메네와 결혼할 생각에 가슴이 부풀었다. 그러나 미케네 궁전에서 환대받을 줄 알았던 암피트리온은 뜻밖의 상황을 맞이했다.

엘렉트리온 왕은 정색하며 소리쳤다.

"뭐라고? 자네가 이 소들을 사 왔다고?"

"네, 제가 갖고 있던 재물을 주고 소들을 되찾아왔습니다. 전투에 패하고 상처 입은 마음을 조금이나마 위로받으시기 바랍니다."

그러나 뜻밖에도 왕은 버럭 소리를 질렀다.

"누가 네 멋대로 이 소들을 사 오라고 했느냐? 이 소들은 우리가 도난당한 것이다. 게다가 아홉 명의 아들들의 피값이다. 그런 소들을 두 배의 값을 치르고 사 오다니, 어찌 그런 부끄러운 짓을 한단 말인가?"

"아니, 그게……."

암피트리온은 크게 망신을 당했다. 자기 딴에는 왕을 위로하기 위해 비싼 돈을 주고 소들을 사 왔는데 오히려 비난이 쏟아졌다.

"저는 다만 소 떼를 되찾기 위해 또다시 전쟁을 일으키고 사람들이 죽는 일은 없도록 하려는 뜻이었습니다. 저의 호의를 무시하고 되레 모욕을 주시다니요. 정 그러시다면 차라리 이 소들을 하데스의 타르타로스로 보내겠습니다."

화가 난 암피트리온은 자기가 갖고 있던 곤봉을 소 떼를 향해 집어

던져버렸다.

그러나 신들은 무지한 인간들의 분노를 놓치지 않고 잘 이용하는 습성을 가지고 있었다. 어느 신이 장난을 쳤는지 소 떼의 뿔에 맞은 곤봉이 그대로 튕겨 나와 엘렉트리온의 머리를 치고 말았다.

"으윽!"

엘렉트리온은 그 자리에서 머리가 깨져 쓰러지더니 이내 숨을 거두었다. 이 역시 운명의 장난이었다. 암피트리온은 큰 충격을 받았다.

'아, 이럴 수가……. 좋은 일을 하려고 했는데 어찌하여 신들은 나에게 이런 불행을 주시는 것인가. 다 내 잘못이다.'

암피트리온은 무릎을 꿇고 절규했다.

"신이시여! 너무하십니다!"

하지만 이를 지켜보던 사람들은 암피트리온에게 큰 잘못이 없다고 증언해주었다. 어디까지나 사고였고 실수였다고 말이다. 가장 앞장서서 암피트리온을 용서해주자고 한 사람은 바로 스테넬로스였다. 그는 엘렉트리온 왕의 동생이었다. 스테넬로스는 남자 조카들이 모두 죽고 조카딸 하나만 남은 이 나라를 차지하게 되자 복잡한 문제는 빨리 해결해버리려고 했다.

"암피트리온을 용서해줍시다. 좋은 뜻으로 한 것이니까요. 의도가 좋으면 그 죄는 경감해주는 것이 도리입니다. 그 대신 암피트리온을 우리나라에서 추방합시다."

암피트리온은 갑자기 벌어진 일들로 충격을 받고는 모든 것을 포기한 채 외삼촌 크레온이 다스리는 테베로 발걸음을 옮겼다. 엉뚱한 운명의 돌멩이가 암피트리온에게 맞은 셈이었다.

황급히 길을 떠나 한적한 곳으로 간 암피트리온의 마음속에 여인 하나가 남아 있었다. 그것은 바로 알크메네였다. 결혼하기 위해 정성을 다했던 아름다운 알크메네를 잊을 수 없었다.

그는 신하 하나를 불렀다.

"알크메네에게 가서 내 본의가 아니었음을 잘 이야기하고 나를 용서해달라고 부탁하여라."

"알겠습니다."

충실한 신하가 밀명을 받고 떠나려 할 때 그는 다시 붙잡고 덧붙였다.

"그리고 알크메네가 아직도 나와 결혼할 마음이 있는지도 꼭 확인하거라. 나는 그녀를 잠시도 잊을 수가 없구나."

신하가 다짐을 받고 떠났다. 이 장면은 비밀리에 이루어진 것 같지만, 이 모든 것을 지켜보는 자가 있었다. 올림포스의 제우스는 이 광경을 보면서 생각했다.

'잘되었다. 알크메네의 마음속에 나에 대한 사랑을 심어주어야겠군.'

그리하여 제우스는 알크메네의 머릿속을 조종해서 암피트리온을 싫어하게 만들었다.

'암피트리온이 찾아오면 매몰차게 보내야지.'

알크메네는 자신도 모르게 사랑하던 남자에 대해 냉랭한 마음을 갖게 되었다.

암피트리온의 신하가 몰래 그녀의 방으로 들어갔다.

"암피트리온 왕자님께서 보내셨습니다."

"우리 아버지를 죽인 자가 무슨 일인가?"

"왕자님께서는 용서받고 싶어 하십니다. 그리고 아직도 결혼할 마음이 있으신지 물어보셨습니다."

원래 알크메네는 암피트리온을 사랑하고 있었다. 그러나 제우스에게 조종당하고 있었던 그녀는 암피트리온을 골탕 먹이고 싶었다.

"좋다. 암피트리온과 결혼하겠다고 전해라. 하지만 조건이 있다."

"무슨 조건이신지 말씀하시면 전달하겠습니다."

"텔레보아이족을 물리쳐서 우리 아버지와 오빠들의 원수를 갚아달라고 전해라. 그러면 결혼을 받아들일 것이라고."

"알겠습니다. 왕자님께 그대로 전하겠습니다."

신하는 밤을 도와 다시 암피트리온에게 달려갔다.

"공주님께서 텔레보아이족과 전쟁을 치러서 그들을 물리치면 결혼하시겠다는 조건을 내거셨습니다."

"아, 좋은 소식이다. 알크메네를 위해서라면 목숨 따위 하나도 아깝지 않다. 당장 군사들을 일으켜……."

그 순간 암피트리온은 뒷말을 흐리고 말았다. 자신의 군사들은 이미 흩어져버리고 병졸 하나 없이 낯선 타지에 귀향 온 것이나 마찬가지 아니던가. 하지만 암피트리온은 희망을 잃지 않았다.

"그렇지. 나에게는 외삼촌이 있었지."

자신을 받아준 테베의 왕 크레온을 당장 찾아가야겠다고 결심했다.

날이 밝자 암피트리온은 크레온을 만나 은밀하게 이 상황을 전했다.

"대왕이시여, 제가 억울한 처지에 놓였습니다. 이 모든 것을 회복할 방법은 전쟁에서 승리해 원한을 갚아주고 알크메네와 결혼하는 것뿐입니다."

이 세상에 공짜는 없는 법이다. 아무리 외삼촌이라지만 크레온이 순순히 군사들과 양식을 내줄 리 없었다.

"나는 평소에 너를 아끼고 있었다. 기꺼이 군사를 일으켜 너를 도와주고 싶다. 그럼 너는 나에게 무엇을 해줄 것인가?"

"무엇이든 말씀하십시오. 제가 힘닿는 데까지 보답하겠습니다."

"좋다. 나한테는 테우메소스의 암여우*가 골칫거리다. 그 여우를 없애준다면 군대를 내주고 너의 복수를 도와주지."

그 괴물은 테베를 온통 뒤집어놓은 피에 굶주린 짐승이었다. 잔혹하게 사람들을 물어뜯고 죽이는 터에 밤이면 사람들이 무서워서 밖으로 나갈 수가 없었다.

신탁을 청하자 신들은 이렇게 대답했다.

"남자아이를 매달 한 명씩 암여우에게 바쳐라. 그러면 그 남자아이의 신선한 피를 빨아먹고 암여우가 다른 사람들은 잡아먹지 않을 것이다."

어린아이를 제물로 바치라는 끔찍한 신탁이었다. 암여우는 아무나 닥치는 대로 잡아먹기 때문에 희생을 줄이기 위해서는 신탁을 이행할 수밖에 없었다. 암여우를 죽이는 것은 불가능했다. 사람이든 짐승이든 그 어떠한 것도 이길 수 없는 불사의 여우였다. 바다의 신 포세이돈이 암여우의 수호신이기 때문이었다. 인간의 힘으로 신의 가호를 받고 있는 여우를 없애는 것은 불가능했다.

암피트리온은 한 가지 생각이 떠올랐다. 아테네의 왕자 케팔로스에게는 라이라푸스라는 불사의 개가 있었다. 케팔로스는 평소에 사냥을 몹시 좋아했다.

"그 암여우를 제가 반드시 없애겠습니다."

암피트리온은 아테네로 가서 케팔로스를 만났다.

"부탁이 있어서 찾아왔소."

"나에게 무슨 부탁을 한단 말인가?"

"왕자께서 키우시는 라이라푸스를 빌려주시오."

암피트리온의 이야기를 듣고 케팔로스는 기꺼이 라이라푸스를 빌려주기로 했다.

"이 개는 여느 개와 다르다는 것을 명심하시오. 단순히 개가 아니라 신성한 동물이오. 제우스 신께서 페니키아 아게노르 왕의 딸인 에우로페에게 선물로 준 아주 귀한 개라오."★

"그 점을 명심하고, 반드시 돌려드리도록 하겠소."

"임무를 완수하고 나면 꼭 다시 데려와야 하오."

암피트리온은 라이라푸스를 데리고 암여우 사냥을 떠났다.

암여우가 산다는 들판으로 나가자 라이라

여기서 잠깐!!

테베 사람들의 죄에 분개한 신들이 벌로 보낸 거대한 암여우야. 가축은 물론이고 아이들도 마구 잡아먹는데, 어느 것에게도 잡히지 않는 불사의 힘을 신에게 부여받았어. 그러니 얼마나 마음껏 못된 짓을 했겠어? 하지만 이 역시 비유와 상징이야. 따져보면 이건 테베 지역을 점거한 산적이거나 반란 세력이었을 거야. 일설에 의하면 이 여우는 나중에 밤하늘의 별자리로 올라갔다고 해. 여우는 작은개자리, 라이라푸스는 큰개자리가 되었다고 하지. 또 다른 설에 의하면 티폰의 딸 중 하나라고도 해.

● ● ●

에오스와 케팔로스는 시리아에서 파에톤을 낳았는데, 케팔로스가 에오스를 배신하고 아티카로 가서 프로크리스와 결혼할 때 크레타의 미노스 왕이 이 개를 선물했다고 해. 또 이 개는 어떤 짐승이든 다 잡을 수 있는 능력을 제우스에게 부여받은 신성한 개였다는 설도 있어.

푸스는 냄새를 맡고 온몸의 근육을 긴장시켰다. 바람에 실려 오는 냄새를 맡고 번개처럼 달려가며 암여우를 쫓았다. 하지만 암여우도 신령한 동물이었기에 재빨리 눈치채고 바람처럼 도망쳤다. 온 들판에 쫓는 개와 달아나는 여우의 대활주가 벌어졌다. 둘 중에 누가 이길지 아무도 알 수 없었다. 사람들이 모두 구경을 나왔다. 이 놀라운 장면은 신들에게도 구경거리였다. 올림포스에서 신들이 모여 토론을 벌였다.

"라이라푸스가 여우를 잡는다면 운명이라는 것이 소용없지 않습니까? 영원히 죽지 않는 운명을 타고난 암여우가 개에게 잡히다니요. 그렇게 되면 포세이돈 신께서 얼마나 분노하시겠습니까?"

그러자 또 다른 신이 반대 의견을 냈다.

"여우가 라이라푸스에게 잡히지 않는다면 라이라푸스가 제우스 신에게 신성한 능력을 부여받았다는 것도 아무 의미가 없지 않습니까? 세상에서 가장 빠른 개라고 했는데 말이에요. 그리고 제우스 신께서 라이라푸스가 승리하도록 만든다면 우리로서는 할 말이 없지 않소?"

여우가 잡혀도 골치, 잡히지 않아도 골치인 난제가 던져진 것이다. 이를 지켜보고 있던 제우스도 난감했다. 하지만 신들의 아버지 제우스는 어떻게든 문제를 해결해야 했다. 자신도 납득할 수 있고, 다른 신들도 좋아할 만한 결말이어야 했다.

"어느 하나가 죽으면 어느 신이 상처를 입는다?"

"그렇습니다. 어떻게 하실 생각이십니까?"

"저 암여우와 내가 능력을 부여한 사냥개 둘 다 서로를 잡아먹지 못하게 하면 될 것 아니냐."

"둘 다 죽인다는 말씀이십니까?"

"아니다. 죽일 수는 없지. 다만 여우는 잡히지 않게 하고 개는 잡을 수 없게 해서 서로를 지켜주는 방법은 이것뿐이다."

제우스는 벼락을 내리쳤다.

꽈과광!

벼락이 번쩍하고 들판에 내리꽂히는 순간 개와 여우는 돌이 되었다.

"앗, 이럴 수가!"

사냥개가 암여우를 멋지게 물어뜯기를 기대하며 지켜보던 사람들은 당황했다.

하지만 지혜로운 사람들은 이내 사태를 파악했다.

"만세, 만세! 암여우가 사라졌다. 만세!"

어찌 되었든 암여우가 돌이 되었으니 더 이상 제물을 바칠 필요가 없었다. 평화가 찾아온 것이다.

난감한 것은 암피트리온이었다. 개를 분명히 되돌려주기로 약속했는데, 케팔로스에게 면목이 없었다. 그래도 어쨌든 암여우를 처리했으니 암피트리온은 군대를 빌려 텔레보아이족과 전쟁을 치를 수 있게 되었다. 그는 많은 땅을 빼앗고 승리를 거두었다.

암피트리온은 사신을 보내 전쟁에서 얻은 섬 가운데 하나를 케팔로스에게 바친다는 약속 문서를 전했다.

케팔로스는 대단히 기뻐했다. 개 한 마리를 보냈는데 섬 하나를 얻었기 때문이다. 그 섬이 오늘날의 케팔로니아다. 섬의 이름은 왕인 케팔로스에서 따왔다고 한다.

어쨌든 테베는 암여우에게 벗어났다. 암피트리온이 나타나자 모든 군사들이 환호했다.

"만세! 만세! 만세!"

그들이 충성을 맹세하자 암피트리온은 물었다.

"나는 그대들의 주인이 아닌데 왜 이렇게 충성을 맹세하느냐?"

"암여우로 인해 우리 모두 고통받고 있었습니다. 우리 아이들이 죽어나가는 것을 당신이 멈추지 않았습니까? 당신 같은 분에게 목숨을 바치지 않는다면 누구에게 바친단 말입니까?"

암피트리온도 감동했다. 진심으로 자기에게 목숨을 바치는 강력한 군대를 얻어 텔레보아이족을 무찔렀고, 알크메네가 요구했던 약혼자로서 사명을 다할 수 있었다.

황급히 승전 소식을 알린 암피트리온은 곧바로 예식을 치르고 성대한 결혼식을 올렸다. 드디어 사랑하는 아내를 얻은 기쁨은 이루 말할 수 없었다. 암피트리온은 첫날밤을 뜨겁게 보낼 생각에 들떠 있었지만 신들은 그를 놔두지 않았다.

"대왕이시여, 큰일 났습니다."

결혼식 피로연이 채 끝나지도 않았는데 전령이 달려왔다.

"무슨 일이냐?"

"완전히 무찌른 줄 알았던 텔레보아이 놈들이 다시 쳐들어왔습니다."

암피트리온은 알크메네를 보며 말했다.

"이놈들을 무찌르고 올 테니 잠시 기다리시오. 금방 다녀오겠소."

암피트리온은 서둘러 포도주 한 잔을 마시고 말에 올랐다. 그리고 자신을 위해 목숨을 바쳐 싸우겠다는 병사들을 데리고 적들을 향해 달려갔다. 즐거운 결혼식을 치르던 중 갑자기 주인공인 신랑이 사라진 셈이었다.

알크메네는 아직 첫날밤도 치르지 못하고 남편을 전쟁터에 보내게 되었다. 어쨌든 암피트리온에게 고마운 마음을 갖게 된 알크메네는 조용히 그를 기다리기로 했다.

하지만 이 모든 것이 제우스의 조작임을 사람들은 알지 못했다. 그날 밤, 신랑의 품에 안기지도 못하고 홀로 있는 새 신부 알크메네 앞에 갑자기 암피트리온이 나타났다. 문을 열고 뛰어 들어온 그의 온몸에서 피비린내가 진동했다.

"알크메네, 내가 돌아왔소. 당신을 빨리 보고 싶어서 단칼에 적들을 모두 해치웠소. 텔레보아이족을 모조리 무찔렀단 말이오."

이보다 기쁜 소식은 없었다. 알크메네는 우울했던 얼굴이 활짝 펴지면서 새신랑을 끌어안고 기쁨의 입맞춤을 했다.

그러나 그 신랑은 가짜였다. 제우스가 인간으로 변한 것이었다. 알크메네는 자신의 남편이자 아버지와 오빠들의 원수를 갚아준 위대한 영웅에게 온몸을 바치며 뜨거운 사랑을 나누었다. 그 남자가 제우스라는 것을 모른 채 길고 행복한 밤을 보냈다.

제우스는 알크메네를 확실하게 자기의 여인으로 만들기 위해 재빨리 올림포스로 날아갔다. 그러고는 전령인 헤르메스를 불렀다.

"헤르메스, 네가 할 일이 있다."

"말씀하십시오."

"태양의 신인 헬리오스에게 가서 전해라. 내일 아침에는 태양 마차를 타고 하늘을 가로질러 가지 말라고 하라."

"예? 그럼 낮이 오지 않는다는 말씀입니까?"

"그렇다. 낮이 오면 안 되니 하루 종일 궁전에서 나오지 말라고 하라. 그리고 호라이 여신들에게 가서 내일은 헬리오스의 날개 달린 말과 마차를 준비할 필요 없다고 일러라."

헤르메스가 재빨리 날아가 이 사실을 알리자 태양의 신 헬리오스는 불평불만이 가득했다.

"한 번도 태양이 늦게 뜬 적이 없는데 무엇 때문에 그러는 거요?"

"지금 제우스 신께서 새로운 여인과 사랑을 나누어야 하기에 밤이 오래 이어져야 한답니다."

헬리오스는 투덜댔지만 거역할 수 없었다. 그리하여 그다음 날 태양이 떠오르지 않았다. 헬리오스는 낮의 여행을 포기한 채 궁전 안에 갇혀 있었다.

제우스는 달의 여신 셀레네에게도 명령을 내렸다. 헤르메스는 집에서 쉬고 있는 셀레네를 찾아갔다.

"빨리 일어나서 밤하늘에 계속 떠 계십시오."

"무슨 일이에요?"

"제우스 신께서 달이 하루 종일 떠 있어야 한다고 했습니다."

달의 여신 셀레네도 피곤했지만 할 수 없이 다시 하늘 위에 멈춰 있었다. 한마디로 밤이 계속 이어지는 것이었다.

마지막으로 헤르메스는 잠의 신 힙노스*를 찾아갔다.

"힙노스 신에게 제우스 신의 명령을 전하오."

"무슨 일이오?"

"지금부터 이 세상 모든 사람들을 잠에 빠뜨리시오."

그리하여 주도면밀한 제우스의 명령에 의해 하룻밤을 사흘 밤으로 길게 늘렸다. 그 누구도 사흘이나 지나갔다는 것을 알아차리지 못했다. 한마디로 지구가 자전을 멈춘 것이나 마찬가지였다. 사흘 동안 제우스는 알크메네와 뜨거운 사랑을 끝없이 나누었다.

사흘이 지나자 마침내 태양이 동쪽 하늘에서 떠오르기 시작하고, 달은 서쪽으로 기울었다. 새벽이 되자 제우스는 잠든 알크메네를 두고 소리 없이 사라졌다.

태양이 떠오르자 평원에서 전차 한 대가 달려왔다. 거기에는 진짜 암피트리온이 타고 있었다. 그는 방문을 열고 알크메네에게 달려가면서 외쳤다.

"여보, 외적을 모조리 물리치고 왔소."

그는 신부를 끌어안으려고 했지만 알크메네의 태도가 이상했다. 조금은 맹숭맹숭한 얼굴이었다.

여기서 잠깐!!

잠의 신이거나 잠을 의인화한 신이야. 하지만 잠이라는 것은 실체가 없어서 재미있는 사건도 없어. 호메로스는 힙노스가 사람처럼 렘노스섬 주변에 산다고 했는데, 베르길리우스는 하데스에 산다고 했어. 힙노스가 아름다운 엔디미온을 사랑해서 그의 눈을 계속 보려고 눈을 뜬 채로 잠자게 했다는 재미있는 이야기도 있지.

"그대는 내가 그립지 않았소?"

"무슨 소리예요? 우리는 밤새도록 함께 있었잖아요? 난데없이 무슨 말을 하는 거죠?"

"뭐라고? 난 지금 도착했단 말이오."

암피트리온은 이상하다 싶었지만 완전히 적들을 물리치고 새 신부에게 돌아왔다는 기쁨에 들떠 있었다. 그는 자신이 어떻게 군사들을 이끌었는지를 신이 나서 들려주었다. 하지만 알크메네는 시큰둥했다.

"대단하시네요."

"당신은 나의 멋진 무용담을 듣고도 기쁘지 않소?"

"당신이 어제부터 줄곧 했던 얘기잖아요. 적들을 물리쳤다고."

암피트리온이 들려준 이야기는 제우스가 미리 예측하고 간밤에 모두 이야기한 것이었다.

"그게 무슨 말이오? 나는 지금 처음 얘기하는 것인데."

알크메네의 태도가 이상했지만 그날 밤은 그냥 지나갔다.

다음 날 암피트리온은 아내가 정신이 나간 것 같다는 생각에 황급히 델포이 신전으로 찾아갔다. 그는 제물을 바치고 여사제에게 신탁을 청하는 기도를 올렸다.

"신이시여, 알크메네가 뭔가 이상합니다. 이 모든 것이 어리둥절할 뿐입니다."

마침내 신의 목소리가 들렸다.

"이 모든 것은 제우스 신의 뜻이다."

"그게 무슨 의미인가요?"

"네가 오기 전에 제우스 신께서 너의 아내를 차지했다. 하지만 걱정하지 말거라. 아내는 두 아들을 낳을 것이다. 하나는 제우스 신의 아들이고, 하나는 너의 아들이다. 제우스 신의 아들은 위대한 영웅이 될 것이다. 그는 인간의 몸속에서 잉태되어 너는 영웅의 아버지라는 영예를 차지할 것이다."

그로부터 아홉 달이 지났다. 신들이 올림포스에서 잔치를 벌이고 있을 때였다. 알크메네의 배 속에서 무럭무럭 자라던 쌍둥이가 드디어 엄마의 자궁을 뚫고 세상에 나오는 날이었다. 제우스는 신들과 함께 축배를 들고 싶었다. 그는 벌떡 일어나 우렁찬 목소리로 말했다.

"그대들이여! 기쁜 일이 생겼다."

올림포스산이 쩌렁쩌렁 울렸다.

"그동안 비밀로 했지만 오늘은 말할 수밖에 없다."

하지만 신들은 이미 다 알고 있었다. 신들 사이에 비밀은 없었다.

"오늘 밤 페르세우스 가문에서 아이가 둘 태어날 것이야. 첫 번째 아이는 나의 아들이다. 그 아이는 이 세상에 태어난 모든 인간들 가운데 가장 강력한 영웅이 될 것이다. 그리하여 모든 그리스인들이 그에게 복종할 것이니, 그 이름은 헤라클레스다."

이 말을 듣고 가장 큰 충격을 받은 것은 헤라였다. 자신만 빼놓고 모든 신들이 알고 있었다는 사실에 더욱 분노가 치밀었다. 그렇게 말리고 쫓아다니면서 바람기를 잠재우려 했지만 제우스가 또다시 다른 여자를 탐하고 아들을 낳은 것이다.

"두 번째 아이는 암피트리온의 아들이다."

그 순간 헤라는 한 가지 생각이 번쩍 떠올랐다. 헤라는 아테나를 조용히 불러 귀엣말을 했다.

"빨리 가서 내가 시키는 대로 처리하거라."

"알겠습니다."

지시를 들은 아테나가 떠나는 것을 보고 나서야 헤라는 큰 소리로 바가지를 긁기 시작했다.

"당신 또 시작이군요. 그렇게 맹세하고는 또 다른 여자를 품다니. 안 되겠어요. 다시는 그러지 않겠다고 모든 신들 앞에서 맹세하세요."

"헤라, 더 이상 인간들을 탐하지 않겠소. 이번이 마지막이오."

"좋아요. 하지만 당신 말을 믿을 수 없으니 여기에서 선언하세요."

"뭐라고 선언하면 좋겠소?"

"오늘 태어나는 페르세우스 가문의 첫 번째 아이 한 명만 당신의 아들이고, 그리스인이 모두 그 앞에 엎드리는 것은 인정해주겠어요. 하지만 더 이상은 안 돼요. 그러니 엄숙하게 선언하고 신들 앞에서 약속하세요."

헤라가 자신의 이야기를 순순히 들어주자 제우스는 기뻤다.

"고맙소. 내가 맹세하겠소. 당신의 말대로 신성한 스틱스강에 걸고 맹세하리다. 오늘 밤 처음 태어나는 아이가 그리스인들의 지도자가 될 것임을 선언하오. 그리고 앞으로는 절대 다른 여자를 탐하지 않겠소."

그의 말이 울리자 천둥 번개가 쳤다.

"자, 모두 건배합시다."

제우스는 아내에게 용서받았다는 기쁨에 술잔을 한껏 들어 올렸다.

그때 헤라는 음흉한 미소를 짓고 있었다.

한편 미케네에는 페르세우스의 또 다른 아들이 있었다. 그의 이름은 스테넬로스였다. 그는 형인 엘렉트리온이 죽고 나서 암피트리온을 추방한 뒤 왕이 되었다. 그의 아내 니키페는 임신한 지 일곱 달째였다.

아테나는 헤라의 명을 받고 출산의 여신 에일레이티아를 불러서 말했다.

"너는 빨리 가서 알크메네의 진통을 최대한 길게 끌어라."

"그게 무슨 말입니까? 곧 아이가 나오려고 하는데요."

"그리고 미케네로 가서 니키페의 아이를 먼저 태어나게 해라."

"그 아이는 태어나려면 아직 석 달이나 남았습니다."

"헤라 여신의 명령이다."

"아, 알겠습니다."

제우스는 그리스의 영웅이자 지도자를 낳겠다는 멋진 계획을 세웠지만 헤라가 훼방을 놓고 있었다.

페르세우스 가문은 그날 밤에 세 아이의 탄생을 보았다. 허약하고 조그마한 칠삭둥이 에우리스테우스가 태어나자, 곧바로 뒤를 이어 제우스의 아들 헤라클레스가 태어났다. 그리고 암피트리온의 아들 이피클레스도 태어났다. 한집안에 아이 셋이 거의 동시에 태어난 셈이었다. 이피클레스는 헤라클레스와 쌍둥이였고, 에우리스테우스는 미케네의 왕 스테넬로스의 아들이었다.

헤라는 마침내 자신의 뜻대로 모든 것이 이루어지자 제우스 앞에 나타나 웃으며 말했다.

"좋은 소식이긴 한데 당신은 실망스럽겠어요."

"그게 무슨 말이오?"

"당신이 말한 대로 아이들이 태어났어요. 하지만 페르세우스 가문의 첫 번째 아들은 헤라클레스가 아니라 미케네의 왕인 스테넬로스의 아들 에우리스테우스예요. 그러니 당신이 선언한 대로 가장 먼저 태어난 에우리스테우스가 왕위를 이어받고 헤라클레스는 그 밑에서 명령을 받아야 한답니다. 호호호!"

"뭐, 뭐라고?"

자신의 계획이 물거품이 되어버린 것을 알고 제우스는 화가 치밀었다. 하지만 이미 자기가 선포한 일이었기에 어찌할 수 없었다. 스틱스강을 걸고 맹세까지 하지 않았던가.

"알겠소. 에우리스테우스가 왕이 되고, 헤라클레스가 그에게 복종할 것이오."

제우스는 헤라클레스가 그리스를 통일한 영웅이 되기는 쉽지 않겠다고 생각했다.

'아들아, 너는 영웅이 되기까지 무척 험난한 길을 걷겠구나. 하지만 영웅의 길이 어찌 편안하기만 하겠느냐.'

이것은 쉽지 않은 문제였다. 에우리스테우스가 참된 지도자로서 영웅이 된다는 것은 불가능했다.

하지만 제우스는 누군가에게 분풀이를 하고 싶었다. 그는 이 사달이 나게 만든 아테나 여신을 붙잡아 땅바닥으로 내던져버렸다. 아테나는 땅으로 내려와 사람들 사이에 섞여 살면서 분노의 여신이 되었다. 그 뒤로 사람들은 일이 안 풀리거나 꼬이면 아테나가 그렇게 만들었다고 여겼다. 제우스는 여전히 분이 풀리지 않았지만 받아들일 수밖에 없었다. 그는 신들 앞에서 새로운 예언을 해야 했다.

"아, 슬픈 일이로다. 하지만 이미 내가 뱉은 말을 주워 삼킬 수도 없구나. 헤라클레스는 위대한 지도자가 되지는 못하고, 영웅이 되기 위해 끝없는 고통과 고난을 겪어야 한다. 하지만 헤라클레스는 열두 가지 과업을 이루어내고 놀라운 업적을 쌓을 것이다. 그로 인해 많은 사람들이 그를 찬양하고 존경할 것이야."

"그러면 언젠가는 죽음을 맞이하는 인간이란 말입니까?"

"아니다. 나의 아들 헤라클레스가 죽으면 이곳으로 올라와 올림포스의 신이 되리라. 그렇게 되면 헤라도 친구로 받아들여야 한다."

하지만 헤라는 강하게 고개를 저었다.

"내가 알크메네의 자식과 친구가 된다고? 인간이 신이 된다고? 그런 일은 절대 없어. 그전에 내가 먼저 제거해버릴 테니까."

헤라는 또 다른 계획을 세웠다. 하지만 그것을 제우스가 모를 리 없었다. 헤라가 그냥 넘어가지 않으리라는 것을 알고 제우스는 알크메네의 마음에 여인의 예감을 심어주었다. 아기를 낳고 탈진한 채 쉬고 있던 알크메네는 양쪽 품에 안긴 쌍둥이 아이를 쓰다듬다 문득 생각이 들었다.

'먼저 낳은 아기를 누가 괴롭히면 어떡하지? 위험에 빠질 것 같은데. 헤라 여신이 분명히 미워할 거야. 여기 이대로 있으면 안 돼. 빨리

도망가야 돼.'

여인의 직감은 예리한 법이다. 알크메네는 헤라클레스만 안고 테베의 성 밑에 있는 외딴곳으로 도망쳤다. 그곳에서 아테나 여신에게 간절히 기도했다.

'여신님, 여신님! 우리 아이를 살려주세요. 당신이 도와주지 않으면 이 갓난아이는 살길이 없습니다.'

이를 지켜보던 제우스가 재빨리 아테나를 보냈다. 한 번 호되게 혼이 났던 아테나는 제우스의 명을 받고 내려가 헤라클레스를 안은 채 울고 있는 알크메네를 보았다.

"이 늦은 밤에 어찌하여 울고 있는 것이오?"

"우리 아이를 누군가 죽일까 봐 두렵습니다."

"무슨 사연이 있는 것이오?"

아테나는 다 알고 있었지만 알크메네의 이야기를 조용히 들어주었다. 그리고 그녀를 도와주기 위해 그녀가 잠든 사이 헤라클레스를 품에 안고 하늘로 올라갔다. 아테나는 시치미를 뚝 떼고 헤라에게 갔다.

"여신님, 제가 인간들 세상을 돌아다니다 혼자 울고 있는 갓난아이를 데려왔습니다."

가정의 여신인 헤라는 아이를 보자 미소를 지었다.

"이렇게 귀엽고 건강한 아이는 처음 보는구나."

"아이가 배가 고픈지 울려고 합니다. 여신님 가슴에는 항상 젖이 있지 않습니까? 이 아기에게 한 모금만 먹여주세요."

"물론 그래야지. 아기를 굶겨서야 쓰나."

혜라는 풍만한 가슴을 꺼내 아이에게 젖을 물렸다. 헤라클레스는 헤라의 젖을 허겁지겁 빨기 시작했다. 젖을 빠는 힘이 얼마나 셌는지 헤라는 비명을 질렀다.

"아얏!"

혜라는 아이를 거칠게 떼어냈다. 그 순간 헤라의 가슴에서 뿌연 젖 줄기가 하늘로 분수처럼 솟아올랐다. 두 줄로 솟구친 젖 줄기가 하늘에 점점이 박혀서 은하수가 되었다.

혜라는 자신의 젖꼭지를 아플 정도로 빨아댄 아이를 보고 범상치 않다는 생각이 들었다.

"도대체 이 아이는 누구냐? 왜 나한테 데려온 것이야?"

혜라는 의심스러운 눈빛으로 아이를 바라보았다.

"엄마를 잃은 아이가 너무 불쌍해서 여신님의 젖이라도 먹이고 싶었을 뿐입니다."

"아무래도 평범한 아이가 아닌 것 같구나."

"젖을 먹였으니 엄마를 찾아 데려다줘야겠습니다."

혜라가 그토록 죽이고 싶어 하던 헤라클레스는 헤라의 젖을 먹고 불멸의 존재가 되었다.

아테나는 잠들어 있는 알크메네에게 아이를 재빨리 데려다주었다. 혜라는 뒤늦게 자신이 제우스에게 이용당한 것을 알았다.

"이렇게 괘씸할 수가 있나?"

혜라는 달빛을 통해 아기를 끌어안고 사랑스러운 표정으로 바라보는 알크메네를 보자 더욱더 질투가 끓어올랐다. 과연 제우스가 탐할 만한 아름다운 여인이었다. 헤라는 다시금 결심했다.

'저 녀석을 어떻게든 신이 되지 못하도록 막아야겠어. 내가 저 녀석을 불멸의 존재로 만들었다면 이젠 내가 죽일 수도 있는 것이야.'

이 사실을 알게 된 제우스는 아테나를 조용히 불렀다.

"헤라가 아무래도 앙심을 품고 계속 아이를 괴롭힐 테니 그대가 잘 지켜주도록 하라."

"알겠습니다."

지혜의 여신 아테나는 그때부터 헤라클레스의 수호신이 되었다. 하지만 늘 곁에서 지켜볼 수는 없자 부엉이 한 마리를 보내주었다. 지혜의 부엉이는 밤에도 눈을 부릅뜨고 아이를 지켜보면서, 더울 때는 날갯짓으로 땀을 식혀주었다.

알크메네는 쌍둥이 아이를 요람에 넣고 흔들어주었다. 커다란 방패를 뒤집어놓은 요람에 아이를 눕혀서 흔들기만 하면 잠이 들었다. 이 방패는 암피트리온이 텔레보아이 왕에게 빼앗은 전리품이었다. 공중에 매달아 놓으면 그네가 되기도 해서 아기들은 방패에서 잘 놀았다.

하지만 헤라클레스는 너무나 힘이 세고 산만한 아이였다. 잠시도 가만있지 않다가 결국 같이 누워 있는 이피클레스를 요람 바깥으로 밀어 떨어뜨리기도 했다.

"으아앙!"

알크메네가 울음소리를 듣고 놀라서 달려왔는데 다행히 다친 곳은 없었다. 그리하여 매달아 두었던 요람을 땅바닥에 내려놓았다. 헤라클레스가 힘이 넘치는 아이라고는 생각했지만 얼마나 위대한 힘을 가졌는지는 미처 알지 못했다.

이때 늘 지켜주던 부엉이에게 아테나 여신이 명령을 내렸다.

"거미를 잡아 없애라. 나의 자수 조각을 망쳐버렸다."

부엉이가 여신의 명령을 받고 자리를 비운 사이 헤라는 드디어 기회가 왔다고 생각했다.

'잘됐다. 감시자가 없을 때 해치워야지.'

부엉이는 떠나기 전 알크메네에게 말했다.

"제가 올 때까지 시녀 열두 명이 아이들을 둘러싸고 지켜야 합니다."

알크메네는 시녀들을 불러서 아이들을 에워싼 다음 잠을 자지 말고 지켜보라고 했다. 시녀들은 아이들 둘레에 앉아 뜨개질도 하고 길쌈도 하면서 밤을 새우려고 했다. 하지만 헤라가 보낸 잠의 신에 의해 하나둘씩 곯아떨어졌다. 마지막까지 잠들지 않고 버티던 시녀까지 고개를 꺾고 코를 골기 시작하자 거대한 독사 두 마리가 나타났다. 물론 그것은 헤라가 보낸 뱀이었다.

달빛이 흘러드는 창으로 미끄러지듯 들어온 뱀들은 요람 안으로 슬그머니 들어갔다. 독 이빨을 몸에 박아 넣기만 하면 두 아이는 그 자리에서 죽는다. 뱀들이 다가갔을 때 헤라클레스가 눈을 번쩍 떴다. 그러더니 벌떡 일어나 양손에 뱀의 모가지를 움켜잡았다. 요람이 뒤집어질 정도로 뱀들이 꿈틀대자 시녀들이 모두 깨어났다.

"으악, 뱀, 뱀이에요. 독사가 들어왔어요."

시녀들이 비명을 지르는 소리를 듣고 알크메네는 벌떡 일어나 옆에 있던 암피트리온을 깨웠다.

"여보! 우리 아이들한테 무슨 일이 생겼나
봐요."

궁전이 발칵 뒤집혔다. 암피트리온은 헤라
가 악마들을 보낸 줄 알고 칼을 들고 군사들
과 함께 달려갔다.

그런데 눈앞에 놀라운 장면이 벌어지고 있
었다.

"아니, 이럴 수가!"

뱀에게 물려 죽었어야 할 아이들이 멀쩡히
살아 있는 것이 아닌가. 그뿐만이 아니라 헤라
클레스는 뱀 두 마리를 양손에 쥔 채 모가지
를 꽉 조르고 있었다. 칼을 쓸 필요도 없었다.
독사 두 마리는 헤라클레스의 팔을 감고 몸부
림치다 이내 축 늘어졌다.★ 옆에 있던 이피클
레스는 무서워서 계속 울기만 했다.

이것을 보고 헤라는 헤라클레스를 어찌할
수 없다는 것을 깨달았다.

'저 녀석이 정말 위대한 영웅이 될 모양이
다. 아기가 뱀을 죽이다니.'

죽은 뱀을 치우면서 암피트리온은 비로소
깨달았다. 쌍둥이 중에 누가 자기의 아들인지
를 말이다. 헤라클레스가 제우스의 아들이고,

여기서
잠깐!!

동양이든 서양이든 뱀을 숭상하는
이야기도 많고 신화에도 많이 등장
하지. 뱀이 상징하는 것도 다양해.
악이나 죽음, 또는 풍요와 다산, 지
혜와 부활, 심지어 치료를 상징하기
도 해. 더 원초적으로는 유혹의 상징
이지. 뱀이 아담과 이브에게 선악과
를 따 먹으라고 유혹한 《성경》 속 이
야기처럼 말이야. 헤라클레스를 공
격한 뱀은 이 모든 상징을 합친 거나
마찬가지야. 헤라클레스는 어떤 것
에도 결코 굴하지 않는다는 것을 보
여주지. 결국 어떤 상징도 인간의 실
제적인 힘과 강인한 의지 앞에서는
꼼짝 못 한다는 의미야.

그 옆에서 울고 있는 아이가 바로 자신의 아들이었다.

그날 암피트리온은 결심했다.

"알크메네, 헤라클레스가 나의 아들로 왔다는 것은 대단한 일이고 영광이오. 내가 반드시 저 아이를 그리스의 영웅으로 키우겠소."

"고마워요."

암피트리온은 헤라클레스를 자신의 아들보다 더 사랑하며 각별하게 돌봤다.

"우리 아이들을 가르칠 최고의 학자들과 위대한 무사들, 그리고 예술인들을 모두 불러오너라."

그때부터 헤라클레스는 몸만 건강하고 힘센 아이가 아니라 지덕체를 고루 갖춘 참된 영웅이 되기 위한 교육을 받았다. 학자들이 그에게 천문학과 철학, 문학을 가르쳤고, 예술가들이 음악과 미술을 가르쳤다. 전사들은 병법과 투창, 활쏘기 등을 가르쳤다. 그리하여 헤라클레스는 운동 경기의 모든 종목을 꿰뚫을 정도가 되었다. 암피트리온도 직접 나서서 전차 모는 법을 가르쳤다. 암피트리온이 왕자였을 때 배웠던 그대로 헤라클레스를 가르친 것이다. 활쏘기와 곤봉 쓰는 법도 그가 직접 가르쳤다.

헤라클레스는 타고난 자질뿐만 아니라 노력으로 인해 누구도 당할 수 없는 용사가 되었다. 인간의 역사에서 한 번도 존재한 적이 없는 위대한 전사 헤라클레스는 이렇게 그리스에 모습을 드러냈다.

2

불행한 영웅

영웅은 그냥 만들어지는 것이 아니다. 뛰어난 자질을 타고날 뿐 아니라 최고의 교육과 끝없는 노력으로 완성되는 법이다. 헤라클레스도 종합 교육을 통해 왕으로서, 혹은 영웅으로서 필요한 자질을 갈고닦았다. 하지만 헤라클레스는 지혜와 지식과 힘을 함부로 쓰지 않았다. 오로지 누군가를 괴롭히거나 모욕을 주는 자, 그리고 신의 뜻을 거스르는 자들에게만 쓸 뿐이었다. 그런 자들에게는 헤라클레스의 응징이 가해졌다. 하지만 아이러니하게도 헤라클레스가 자신의 힘을 발휘한 대상은 가장 가까운 지인들이었다. 그리고 바로 이것이 불행의 시작이었다.

"손가락 연습을 많이 해야 한다. 계속 틀리지 않느냐."

헤라클레스는 음악 시간에 수금을 배우기가 힘들었다. 큰 근육 위주로 쓰다 보니 손가락의 작은 근육을 세밀하게 쓰지는 못했다. 우람한 손가락으로 현의 정확한 위치를 눌렀다 뗐다 동작이 제대로 될 리 없었다. 참을성을 가지고 가르치던 수금의 명인 리노스*는 마침내 분노가 폭발했다. 헤라클레스가 창을 휘두르는 것은 잘하면서 음악적인 재능은 발휘하지 못하는 것에 화가 났다. 게다가 자신이 제대로 가르치지 못했다는 평가를 받을까 봐 두려웠다.

"너처럼 음악에 재능이 없는 사람을 보지 못했다. 내가 보기에 너는 노력하지 않는 것이다. 신도 너를 버린 것 같다. 악마들이나 너를 추종하고 좋아할 것이다."

수금을 배우는 자리에서 신과 악마까지 들먹이자 헤라클레스도 꾹꾹 눌렀던 분노가 폭발했다. 사람이 어찌 모든 일을 다 잘한단 말인가.

"스승님, 손가락이 너무 굵고 둔해서 안 되는 걸 어찌합니까? 밤새 연습해도 이 모양입니다."

"변명하지 마라."

"다시 해보겠습니다."

하지만 헤라클레스의 어린 마음에 분노가 가득 차 그만 줄이 끊어지고 말았다.

리노스는 더욱 화를 내며 소리쳤다.

"네 이놈, 악기를 부숴버리다니. 힘만 믿고 사는 어리석은 자 같으니라고. 음악을 모르는 자가 어찌 위대한 지도자가 될 수 있단 말이냐. 음악이야말로 신들이 주신 선물이 아니더냐?"

"정말 너무하십니다!"

헤라클레스는 화가 난 나머지 들고 있던 수금을 집어 던져버렸다. 그런데 벽에 맞고 튕겨져 나온 수금은 스승인 리노스의 머리를 강타하고 말았다. 물론 일부러 스승을 겨냥한 것은 아니었다.

"으윽!"

수금에 맞은 스승은 그대로 쓰러져 죽고 말았다. 이것을 본 시종들이 달려왔다.

"큰일 났다. 음악 선생님께서 수금에 맞아 돌아가셨다."

다음 날 헤라클레스는 재판정에 불려갔다. 아무리 왕족이어도 사람을 죽인 큰 죄를 짓고 그냥 넘어갈 수 없었다. 수많은 사람들이 판결을 보려고 모여들었다. 법은 만인 앞에 평등한 법이다. 재판장은 높은 곳에서 헤라클레스를 측은히 내려다보았다.

"스승을 죽인 죄를 인정하는가?"

"끔찍한 죄를 저질렀으면 벌을 받아 마땅합니다. 하지만 일부러 그런 것이 아닙니다. 제가 어찌 스승을 죽이려 들겠습니까? 분노를 참지 못하고 수금을 집어 던졌을 뿐인데 공교

여기서 잠깐!!

일설에 의하면 리노스는 오르페우스의 형제라고 해. 아마도 형이었을 것 같아. 동생인 오르페우스가 나중에 이아손의 원정대에 헤라클레스와 함께 떠나는 걸 보면 추측할 수 있어. 둘 다 음악의 천재였는데 형인 리노스는 한창 사춘기인 헤라클레스에게 정적인 음악을 가르치느라 애먹었을 거야. 음악이 사람의 정서를 순화한다지만 모든 사람에게 적용되는 건 아니야.

롭게도 스승님의 머리에 맞았습니다."

"이유가 어찌 되었든 법은 결과만을 가지고 판단한다. 변명할 수 없는 것이다."

헤라클레스는 수많은 스승님들의 가르침이 머릿속에 떠올랐다. 그는 논리학, 수사학, 법학, 인문학, 철학적 지식을 모두 가지고 있었다. 그는 스스로를 변호하기 시작했다.

"존경하는 재판장님께 말씀드리겠습니다. 제가 판결받기 전까지는 죄를 단정 지을 수 없습니다. 그런데 지금 저를 죄인으로 몰아가고 있습니다. 저는 직접적으로 사람을 죽인 것이 아닙니다. 화를 못 이기고 집어 던진 수금이 벽에 맞고 튕겨져 나가 스승님께 맞은 것뿐입니다. 목격자들도 있습니다. 그런데도 저는 고의로 직접 사람을 죽인 살인자와 같은 취급을 받고 있습니다. 저는 나 자신을 지킬 권리가 있습니다. 이것은 제우스 신과 인간 법률가들이 오랫동안 만들어온 법에 의해 보장된 권리입니다. 저로 인해 사람이 죽은 것은 사실이고, 그것이 스승님인 것은 안타까운 일이지만, 분명 실수였습니다. 제가 일부러 죽이지 않았다는 것을 증언할 사람들은 수십 명이 넘습니다. 그들의 증언을 들어보셔야 하는 것 아닙니까?"

헤라클레스는 설득력 있게 막힘없이 진술했다. 재판관들은 그의 진술을 듣고 나서 최종 판결을 내리기 전에 의견을 나눴다.

"헤라클레스가 스승을 죽일 정도의 악인은 아니지 않소?"

"맞습니다. 게다가 앞날이 창창한 젊은이 아닙니까?"

"차라리 그에게 나라를 위해 봉사할 기회를 주는 것이 어떨까요?"

"그게 좋겠군요."

"하지만 사람을 죽인 것은 사실이니 구체적인 벌은 나중에 내리기로 하고, 일단 재판을 마무리합시다."

재판장은 최종 판결을 내렸다.

"좋다. 헤라클레스가 사람을 죽인 죄는 분명하나 의도한 것은 아니었으므로 살인죄를 적용하지는 않고 벌을 감량하여 내리겠다. 어떠한 벌이 적합할지는 추후 통보할 테니 오늘은 집으로 돌아가도 좋다."

순간 방청석에서 함성이 터졌다.

"만세!"

헤라클레스의 무죄가 입증된 것이나 다름없었다. 이 사실은 온 테베에 퍼졌다. 가장 두려워한 것은 아버지 암피트리온이었다. 제우스의 아들인 헤라클레스가 흥분하거나 화가 나면 어떤 일이 벌어질지 알 수 없다는 두려움에 사로잡혔다. 그는 은밀히 재판관들을 만나 상의했다.

"헤라클레스에게 아비로서 어떤 벌을 내려야 할지 모르겠다."

"일단 먼 곳에 보내서 자숙하도록 하는 것이 좋겠습니다. 낯선 곳에 가서 맘껏 힘을 쓰다 보면 성숙해질 것입니다."

암피트리온은 아들을 불렀다.

"헤라클레스, 어쨌든 너로 인해 사람이 죽었다. 민심도 흉흉하니 멀리 산속에 가서 양 떼를 지키거라. 이것이 너에게 내리는 벌이다. 키타이론산으로 가거라."

헤라클레스는 고개를 숙이고 왕의 명을 받들었다.

"이곳을 떠나 죗값을 치르겠습니다."

헤라클레스는 정중히 예를 갖추고 쓸쓸히 길을 떠났다.

그는 키타이론산으로 가서 양을 치는 목동이 되었다. 산과 들을 다니며 양 떼를 쫓는 험한 일이었다. 양치기를 하면서 헤라클레스의 허벅지는 더 굵어졌고, 동작은 날쌔졌으며, 눈도 더욱 좋아져서 아주 먼 곳까지 바라볼 수 있었다. 더구나 자연 속에 살면서 온 대지와 공기의 흐름까지 읽을 수 있었다.★

그 넓은 목초지에는 이웃 도시 테스피아이의 테스피오스 왕이 소유한 양 떼도 방목되고 있었다. 목초지는 특정 도시국가의 영역으로 명확하게 나눠지지 않았다. 서로 풀밭을 공유하는 것이 불문율이었다.

어느 날 테스피오스 왕은 자신의 양 떼를 보려고 키타이론산을 찾아왔다. 그런데 그곳에서 테베의 왕족인 헤라클레스가 양을 치고 있는 것이 아닌가. 그는 헤라클레스와 친구가 되어 자주 오가며 이야기도 나누고 여러 가지 조언도 해주었다. 헤라클레스도 외딴 산속에서 이야기를 나눌 사람이 있으니 고마울 뿐이었다.

하지만 평화로운 나날은 오래가지 않았다. 그때 사자 한 마리가 나타나 테스피오스 왕의 양들을 잔인하게 물어 죽이는 사건이 벌어졌다. 왕은 헤라클레스의 양들까지 피해를 입을까 봐 이 사실을 알려주었다.

"내 친구 헤라클레스, 사자가 나타나서 우리 양들을 다 죽였네. 그러니 자네도 조심하게."

왕의 양치기도 말했다.

"무자비한 사자입니다. 잡아먹기 위해서가 아니라 단지 죽이기 위해

양 떼를 사냥하는 것 같습니다."

하지만 헤라클레스는 두려워하기는커녕 오히려 기뻐하며 말했다.

"그런 몹쓸 사자는 내가 손 좀 봐야겠군요."

헤라클레스의 능력을 알지 못하는 왕과 양치기들은 영문을 몰라 어리둥절했다.

"잠시 기다리십시오."

헤라클레스는 숲으로 가더니 커다란 야생 올리브 나무 하나를 뿌리째 뽑아 칼로 툭툭 쳐서 곤봉을 하나 만들었다. 이것이 그 유명한 헤라클레스의 곤봉이다. 그는 무쇠 같은 나무 곤봉을 휘두르며 사자의 발자국을 따라갔다. 양고기를 많이 먹으면 목이 마를 테니 헤라클레스는 옹달샘으로 가서 덤불 속에 숨어 사자가 나타나기를 기다렸다.

밤이 지나고 새벽이 되자 아나나 다를까 사자가 물가로 다가왔다. 사자가 물을 마시려는 순간, 덤불에 숨어 있던 헤라클레스는 그대로 달려가 사자의 머리통을 곤봉으로 내리쳤다. 사자는 찍소리도 내지 못한 채 그 자리에서 즉사하고 말았다.

"네깟 놈이 우리의 양 떼를 노리다니."

여기서 잠깐!!

헤라클레스의 외모는 어땠을까? 여러 설에 의하면 이때 헤라클레스는 18세였대. 키가 2미터가 넘었고, 눈에서는 불길이 이는 것 같았다고 하지. 활은 물론 창도 백발백중이고, 양 한 마리를 구워서 한 끼 식사로 거뜬히 먹어치울 정도였다고 해. 지금까지 전해져 오는 도자기 그림들을 보면 헤라클레스의 몸은 온통 근육질로 덮여 있어.

헤라클레스는 사자의 가죽을 벗겨 마을로 내려왔다. 사람들은 모두 헤라클레스의 놀라운 위력을 보고 감탄하지 않을 수 없었다.

"테베에서 온 양치기가 엄청난 힘을 가졌어."

"곤봉 하나로 사자를 때려죽였대."

테스피오스 왕은 헤라클레스가 위대한 영웅이라는 것을 비로소 깨달았다. 그는 헤라클레스를 궁으로 초대했다.

그의 놀라운 출생과 성장 이야기를 들은 왕은 갑자기 욕심이 생겼다. 이 영웅의 혈통을 가지고 싶었던 것이다.

"헤라클레스, 나에게는 쉰 명의 딸이 있다네. 모두 하나같이 아름답고 훌륭한 신붓감일세. 우리 딸들과 한 번씩 동침하여 자네의 혈통을 퍼뜨려주게."★

혈기 왕성한 헤라클레스는 거부할 이유가 없었다. 그날부터 헤라클레스는 매일 밤 왕의 딸들과 사랑을 나누었다. 그리하여 헤라클레스의 유전자는 테스피오스 왕의 후손들에게 이어졌고, 두 도시국가는 하나가 되었다.

헤라클레스가 영웅의 면모를 드러내고 있을 때 고향인 테베에서는 환난이 벌어졌다. 이웃 나라 오르코메노스의 에르기노스 왕이 쳐들어온 것이다. 그는 오래전부터 부유한 테베를 자신의 손아귀에 넣으려고 만반의 준비를 해왔다. 에르기노스는 테베를 공격하여 승리를 거두고 사신을 보냈다.

"테베가 공물을 바친다면 무사히 생업에 종사할 수 있도록 해주겠다."

두려움에 떨던 테베 사람들은 자신들이 애써 이룬 것을 뺏기느니 공물을 바치며 에르기노스에게 자비를 구하려고 했다. 하지만 그들이 바쳐야 할 공물의 양은 실로 엄청났다. 나라의 재정이 흔들릴 정도였다. 자칫 온 나라를 에르기노스에게 바칠 판이었다.

"이대로 가다간 이 나라가 사라질지도 모른다."

왕과 신하들이 모여서 의논했다.

"백성들이 목숨을 부지하려면 저들이 원하는 대로 해주고 평화를 지켜야 합니다."

하지만 강경하게 맞서자고 주장하는 신하들도 있었다.

"우리에게 영웅이 있지 않습니까? 키타이론산에 있는 헤라클레스를 소환해서 그를 중심으로 뭉치면 에르기노스 정도는 거뜬히 물리칠 것입니다. 최근에 사자도 맨몸으로 때려 잡았다고 합니다. 사람들의 지지와 성원이 하늘을 찌르고 있는데 무엇이 두렵습니까?"

아버지인 암피트리온도 동의했다.

"그래, 당장 헤라클레스를 불러라."

여기서 잠깐!!

일설에 의하면 50명의 딸들 가운데 마지막 날 들어와야 할 막내 공주는 헤라클레스를 만나지 않았대. 그 대신 헤라클레스가 죽고 나서 그의 신전을 지키는 사제가 되었다는 거야. 50명의 딸들이 모두 헤라클레스와 동침했다고 하면 너무 일률적이어서 재미없지. 한 명 정도 거부하고 사제가 되는 것은 상당히 문학적인 설정이야. 인생에 완벽한 것은 없고 반전과 예외가 있을 수밖에 없다는 것을 반영한 듯해.

평화롭게 양 떼를 지키고 있던 헤라클레스에게 전령이 달려왔다.

"왕의 명을 가지고 왔습니다."

헤라클레스는 무슨 영문인지 몰라 어리둥절했다.

"지금 당장 테베로 돌아가서 전쟁을 준비하십시오."

헤라클레스는 급히 양 떼를 넘겨주고 길을 떠났다.

영웅이 길을 떠날 때는 항상 조짐이 있는 법이다. 얼마 가지 않아 헤라클레스 앞에 두 여인이 나타났다. 깊은 산속에 여인이 나타날 리 없었다. 헤라클레스는 그들이 신이라는 것을 알아챘다. 한 여인은 매우 화려하고 아름다웠다. 의상뿐만 아니라 머리 모양과 장신구까지 고귀한 자태를 뽐냈다. 게다가 뇌쇄적인 미소를 지으며 어떤 남자든 쓰러뜨리고 말겠다는 자세로 말을 걸었다.

"영웅 헤라클레스!"

"그대는 누구이십니까?"

"나는 기쁨이에요."

하지만 그것은 거짓말이었다. 기쁨이라는 말 뒤에는 악이 숨어 있었다.

또 한 여인이 인사했다.

"나는 선이에요."

그녀는 소박한 여인이었다. 꾸밈없는 외모였지만 우아하고 고상한 기품을 뿜어내고 있었다.

"그대들은 왜 내 앞에 나타난 것입니까?"

헤라클레스는 어느 여인이든 자신의 것으로 만들면 온 세상을 얻은 듯할 것 같았다.

먼저 소박한 선이 말했다.

"신들께서 우리를 보냈어요. 당신이 삶에서 무엇을 선택할지 결정하기 위해서입니다. 두려워하지 말고 선택해보세요."

기쁨이라는 여인이 먼저 나섰다.

"헤라클레스, 인생은 짧아요. 즐겁게 살아야 합니다. 편안하고 행복하게 사는 것은 죄가 아니에요. 많은 사람들이 당신을 추앙하고 존경하고 사랑하고 있어요. 그들과 함께 하루하루를 즐겁게 보내세요. 맛있는 음식도 먹고 좋은 술도 마시고 아무 걱정 없이 말이에요. 이 세상의 모든 기쁨은 당신의 것입니다."

그 이야기를 듣는 순간 헤라클레스는 온몸이 나른해지면서 정말 짜릿한 행복을 맛본 것 같았다. 그 여인을 선택하면 평생 즐겁고 편안하게 살 수 있을 것이다.

"알겠습니다. 그대를 따라가겠습니다."

헤라클레스가 그녀의 손을 잡고 가려고 할 때 선이 엄격하게 말했다.

"헤라클레스, 제우스의 아들! 어디를 가시려 합니까?"

조금 전의 부드러운 목소리가 아닌 단호한 목소리였다. 그 순간 헤라클레스는 자신이 올바른 선택을 하지 않았다는 것을 느꼈다.

"자, 잠깐만요."

헤라클레스가 잡고 있던 기쁨의 손을 놓자 선이 말했다.

"당신은 누구나 인정하는 강한 영웅이에요. 당신의 힘과 능력을 자신의 기쁨과 쾌락을 위해 쓴다는 것은 너무나 아까운 일입니다. 당신이 나를 따른다면 결코 편안하거나 행복하거나 기쁘지는 않을 거예요. 하지만 올바른 길을 갈 수는 있지요. 그것이야말로 고귀한 일입니다. 그리고 사람들에게 존경받고 남들에게 선한 영향력을 끼칠 수 있어요. 그러기 위해서는 의지와 용기로 고난을 이겨내는 강력한 마음이 필요합니다."

헤라클레스는 귀가 솔깃했다. 그것이 진정한 영웅의 길인 것은 분명했다. 이때 기쁨이 다시 나섰다.

"저 여인의 말을 듣지 마세요. 저 여인을 선택하면 당신의 기쁨은 사라집니다. 나를 따라가야 합니다."

선은 다시 한번 헤라클레스에게 말했다.

"기쁨을 맘껏 즐기고 싶은가요? 하지만 기쁨도 한계가 있어요. 며칠은 좋겠지만 사람들은 당신을 지겨워할 것이고, 누구도 당신을 존경하지 않을 거예요. 더구나 자신이 가진 재능을 썩히는 길이지요. 남에게 도움이 되지도 않고 자신에게도 득 될 것이 없는 삶입니다. 당신은 그 누구보다 많은 것을 갖고 태어났어요. 당신 같은 영웅이 세상의 악과 고난에 맞서 싸우지 않는다면 수많은 사람들이 무슨 희망을 가지고 살아갈 수 있겠어요? 기쁨의 열매는 오래가지 않지만 고난을 이겨내고 악과 맞서 싸운 승리의 기쁨은 영원히 남는 법입니다. 헤라클레스, 기쁨을 내세워 당신을 이용하려는 자로부터 멀리 떠나세요. 대신 수많은 사람들을 위해 정의의 편에 서주세요. 세상에는 수많은 괴물들이 사람들을 괴롭히고 있어요. 당신이 그 길을 선택한다면 내가 도와줄게요."

헤라클레스는 영웅으로서 뜨거운 피가 끓어오르는 것을 느꼈다. 자신이 갈 길은 바로 그곳이었다.

"여신님, 감사합니다. 저는 선의 길을 따르겠습니다."

그러자 한 여인은 미소 지었고, 또 한 여인은 얼굴이 일그러지더니 눈앞에서 사라졌다. 신들이 인생의 새로운 길을 떠나는 헤라클레스를 마지막으로 시험한 것이었다. 그가 마음을 굳게 다지고 변함없이 주어진 숙명과 소명을 다할 수 있도록 말이다.★

헤라클레스는 더욱더 힘을 내서 산길을 내려와 테베로 향했다. 그때 큰길에서 군사들이 움직이는 것이 보였다. 테베의 군사들이 아닌 침략자들이었다.

'옳거니! 저자들을 내가 응징하겠다.'

헤라클레스는 숨어서 그들이 다가오기를 기다렸다가 우렁우렁한 목소리로 외쳤다.

"너희는 누구냐? 왜 우리 테베에서 활개를 치고 다니는 것이냐? 너희는 더 이상 이곳을 지나갈 수 없다. 너희 나라로 썩 꺼져라!"

그러자 대장이 말했다.

"누가 감히 우리 앞길을 막아서느냐? 저놈을 당장 죽여라!"

대장이 앞서 나가며 창을 던졌다. 바람을 가르며 창이 날아오자 헤라클레스는 재빨리 몸을 피했다. 그러고는 메고 있던 궁대에서 화

여기서 잠깐!!

기쁨과 선은 아프로디테와 아테나로 대치되어 나오는 경우도 있어. 이러한 선택은 우리 인간들에게도 무척 중요해. 감각적인 삶과 이성적인 삶, 그저 평범한 삶과 의미 있는 삶, 이기적인 삶과 이타적인 삶. 둘 다 중요하지만 하나를 선택할 수밖에 없어서 망설이게 되지. 영웅이 된다는 건 헤라클레스처럼 고통스럽지만 의미 있는 삶을 택하는 것이야.

살을 꺼내 곧바로 쏘았다. 맨 앞에 있는 대장부터 쓰러지더니 화살 한 대에 군사 하나씩 넘어졌다. 헤라클레스의 활 솜씨는 그야말로 백발백 중이었다. 그러자 남은 병사들은 모두 무기를 던지고 땅바닥에 엎드렸 다.

"살려주십시오. 살려주십시오. 우리가 몰라뵈었습니다."

적들이 목숨을 구걸하자 헤라클레스가 마침내 모습을 드러냈다.

"너희는 무슨 일로 테베에 온 것이냐?"

"저희는 에르기노스 왕이 보낸 군대인데, 테베에서 바치기로 한 공 물을 받으러 왔습니다."

헤라클레스는 그들의 갑옷과 무기를 모두 빼앗고 외쳤다.

"너희 왕에게 돌아가서 전해라. 모든 무기와 갑옷을 뺏겼을 뿐 아니 라 테베는 더 이상 공물을 바치지 않을 것이라고 말이다. 공물을 가지 러 오는 자들에게는 죽음이 기다릴 것이다."

패잔병들은 벌거벗다시피 한 모습으로 허둥지둥 달아났다.

헤라클레스는 사태가 심각하다는 것을 깨달았다. 다른 나라의 병사 들이 테베에서 마음껏 활개를 치고 있었던 것이다.

헤라클레스가 도착했을 때 궁 안은 험악한 분위기가 감돌고 있었다. 암피트리온은 그사이에 얼굴이 폭삭 늙어 있었다. 쌍둥이 형제 이피클 레스는 전쟁에 패하고 분을 이기지 못했다.

암피트리온은 헤라클레스를 보고 말했다.

"헤라클레스, 그동안 이 나라는 온갖 수모를 겪었다. 테베의 일곱 개 성문이 모두 뚫리고 말았다. 더 이상 이 나라를 지킬 수 없게 되었구나.

매년 많은 공물을 바치느라 백성들은 먹을 것이 없다. 그들은 약속한 공물만 받아가는 것이 아니라 수시로 약탈해간다. 저기에 쌓인 공물은 우리 백성들의 피와 땀이다."

헤라클레스는 가슴을 내밀며 말했다.

"아버지, 더 이상 공물을 보낼 필요 없습니다. 저것들은 백성들에게 다시 나눠주십시오. 그리고 에르기노스와 싸울 준비를 하세요."

"그들은 너무 강해서 전쟁을 치를 엄두가 나지 않는구나."

"그렇지 않습니다. 공물을 가지러 오던 군대를 제가 물리쳤습니다."

헤라클레스는 군사들을 쫓아낸 이야기를 해주었다. 그러자 이피클레스가 부정적인 의견을 냈다.

"무엇을 가지고 싸운단 말이야? 에르기노스가 우리의 무기와 말을 모두 가져가 버렸어."

헤라클레스가 말했다.

"걱정하지 마라. 우리에게 무기가 있다. 사원과 신전에는 신들에게 바친 무기가 잔뜩 쌓여 있지 않은가?"

암피트리온은 잠시 눈을 반짝이다 이내 고개를 숙였다.

"하지만 제물로 바친 것은 죽은 자들의 무기이고 갑옷이다. 테베가 승리할 때마다 전리품으로 바친 것인데, 그것을 다시 가져오면 신들이 노하지 않겠느냐?"

헤라클레스가 지혜롭게 반박했다.

"신들께서는 자신들에게 바친 무기로 싸워 이겨서 다시 감사의 제물을 바치기를 원하겠습니까, 아니면 이대로 모욕을 당하기를 원하겠습니까?"

다른 사람들도 헤라클레스의 말에 모두 고개를 끄덕였다.

"맞는 말입니다. 우리가 살아야 신전을 지킬 수 있습니다."

"신들도 우리가 제물을 계속 바치기를 원한다면 우리를 도와줄 것입니다."

이피클레스도 동의했다.

"헤라클레스의 말이 지당하네요. 우리가 싸우고 저항해야 신들도 도와줄 거 아니겠습니까?"

암피트리온도 굴욕적으로 사느니 저항이라도 해보고 죽는 것이 낫다고 생각했다. 젊은 시절 자신이 아름다운 여인과 결혼하기 위해 전투에 나섰던 그 용맹함이 다시 살아나는 것 같았다.

테베 사람들은 헤라클레스를 중심으로 신전에 바친 무기들을 갈고 닦아 무장했다. 그사이 헤라클레스는 젊은이들을 뽑아 훈련시킨 다음 투구와 갑옷을 입히고 무기를 나눠주었다. 아테나 여신은 헤라클레스를 격려해주었다.

'헤라클레스, 내가 너를 도와주마.'

아테나 여신의 속삭임을 듣고 헤라클레스는 더욱 용기를 키워나갔다.

한편 오르코메노스의 에르기노스 왕은 알몸이다시피 해서 쫓겨온 부하들을 보고 분노했다.

"이참에 테베를 철저히 짓밟아야겠다. 확실하게 본때를 보여줘야지."

에르기노스가 군대를 이끌고 쳐들어갔을 때 테베인들은 무장한 채

대기하고 있었다.

"테베의 무지렁이들이 무장을 했습니다."

"뭐라고? 우리가 모든 무기를 빼앗았는데 어찌 된 것이냐?"

가까이 다가가 살펴보니 그들이 갖고 있는 것은 수십 년 전에 쓰던 낡은 무기였다.

"저런 무기로 우리와 싸우겠다고? 하하하! 하루 거리도 안 되겠구나."

마침내 들판에서 전쟁이 벌어졌다. 하지만 에르기노스의 예상은 빗나갔다. 괴력을 지닌 헤라클레스 앞에서 병사들은 추풍낙엽처럼 쓰러졌다. 싸움은 기세였다. 초라한 무기를 가진 테베군은 에르기노스 군사들의 무기를 빼앗아 급속도로 빠르게 신무기로 무장했다.

헤라클레스는 비겁하게 등을 보이며 도망치는 에르기노스를 쫓아가서 죽였다. 에르기노스의 군대는 테베의 군사들에게 밀려 오르코메노스 성벽 아래까지 쫓겨났다. 성안에는 에르기노스의 정예군이 기다리고 있었다. 그들은 여전히 막강한 위력을 가지고 있었다. 비록 승기를 탔다고는 하지만 테베의 군사들은 여전히 오합지졸이었다.

헤라클레스는 성안에 있는 적들을 어떻게 공략할지 고민했다.

"시간이 지나면 저자들은 흩어진다. 그때 다시 공격하자."

헤라클레스는 높은 곳에 올라가 지형지물을 살펴보았다. 예로부터 장수들은 지형지물과 천문, 기상 등 모든 것을 이용해 전투를 치렀다.

자세히 살펴보니 테베는 케피소스강을 경계로 오르코메노스와 나뉘어 있었다. 이 강은 산맥 밑을 지나 거대한 땅속으로 들어가는 복류천이었다. 땅속으로 숨어 흘러서 바다로 들어가는 것이다.

"그렇지. 저 강을 이용하면 되겠다."

헤라클레스는 직접 바위와 흙덩이를 가져다 강물이 땅속으로 들어가는 입구를 막아버렸다. 그러자 강물이 급속도로 차올랐다. 수위가 점점 높아지더니 평원은 호수처럼 물이 가득 찼다. 그렇게 되면 성안에 있는 전차나 말들은 아무 소용이 없다. 테베 군사들은 강을 빙 돌아서 산 위로 올라가 아래의 성으로 쳐들어갔다.

암피트리온이 앞장서서 소리쳤다.

"적들을 무찔러라."

그는 젊은 시절의 열정이 되살아났다. 그러나 성을 함락하고 최종 승리를 확인하려는 순간 숨어 있던 적이 암피트리온에게 화살을 날렸다. 암피트리온은 화살에 맞아 그대로 목숨이 끊어지고 말았다. 젊어서도 영웅이었고 늙어서도 영웅이었던 암피트리온은 그렇게 최후를 맞이했다.

테베는 대승을 거두었다. 오르코메노스의 속박에서 벗어났을 뿐만 아니라 그들에게 두 배의 공물을 받는 협약을 맺었다.

승전 소식을 가지고 돌아오자 테베의 왕 크레온은 헤라클레스를 불렀다.

"헤라클레스, 듣던 대로 위대한 테베의 영웅이로구나. 너에게 내 딸 메가라를 주겠다. 그리고 이 궁의 절반을 하사하노라."

며칠 동안 승전을 기념하는 잔치가 이어졌다. 올림포스의 신들도 모두 헤라클레스에게 축복의 선물을 내려주었다. 제우스는 헤파이스토스에게 주문하여 가장 튼튼한 방패를 선물했다. 아테나는 전쟁의 신답게 황금 갑옷을 주었다. 헤파이스토스는 투구를 만들어주었고, 아폴론은 황금 활과 황금 화살을 주었다. 헤르메스는 창을, 포세이돈은 폭풍보다 빠른 말을 선물했다. 그렇게 해서 위대한 영웅은 그 누구도 따라올 수 없는 강력한 병장기로 무장했다.

영웅 헤라클레스는 위대한 업적을 세우고 메가라와 달콤한 신혼생활을 보냈다. 메가라와 헤라클레스는 자식을 셋 낳고 행복하게 살았다.

그러나 인간의 행복은 오래가지 않는 법이다. 그 이유는 신들의 질투 때문이다. 헤라는 헤라클레스가 행복하게 사는 모습을 더 이상 두고 볼 수 없었다.

"저놈이 아직까지 살아 있다니. 도저히 그냥 있을 수가 없구나."

헤라클레스가 정원의 뜰에서 아이들이 노는 것을 지켜보며 기뻐하고 있을 무렵이었다. 신 중에 사기의 여신 아테*가 나타났다. 인간들 사이에 벌어지는 사기는 이 여신이 관장하는 것이다. 헤라의 명을 받은 아테는 조용히 헤라클레스에게 스며들더니 인간의 힘으로

여기서 잠깐!!

아테는 '실수'라는 뜻이기도 해. 이 여신은 날개 없이 인간들의 머리를 징검다리처럼 짚고 다닌대. 그러니 누구나 이 아테의 발밑에 놓여 있는 셈이지. 헤라클레스를 괴롭힌 대가로 나중에 아테는 올림포스에서 쫓겨나 지상에서 살게 되었어. 프리기아의 어떤 언덕에 떨어졌는데 그때부터 이곳을 아테의 언덕이라고 부르지. 다른 신들은 모두 올림포스에 살면서 일이 있을 때만 인간 세상에 내려오지만, 아테는 인간과 함께 살아. 이것은 우리 인간이 수시로 실수하는 존재임을 상징하는 것이야.

벗을 수 없는 마법의 베일을 그의 눈에 감았다.

갑자기 눈앞이 흐려지자 헤라클레스는 당황해서 소리쳤다.

"갑자기 왜 앞이 안 보이지?"

아무리 두 눈을 비벼도 뿌연 안개처럼 눈앞이 흐릿하더니 잠시 후 다시 선명하게 보였다.

"휴, 다행이다."

그 순간 헤라클레스는 깜짝 놀랐다. 어느새 용 세 마리가 나타나 아이들을 모두 잡아먹고, 자신을 내려다보고 있는 것이 아닌가.

"앗, 네놈들이 우리 아들들을 잡아먹다니!"

헤라클레스는 주변에 있는 탁자와 돌멩이를 닥치는 대로 집어던졌다. 용들은 모두 머리가 깨져 쓰러졌다. 그러나 사방에 온통 적들과 괴물들이 가득했다.

"우리 궁에 악마가 쳐들어왔다. 무엇 하느냐? 창을 들어라! 칼을 들어라!"

그는 궁을 휘젓고 다니면서 눈에 띄는 대로 악마와 괴물들을 칼로 찌르고 베었다. 한참 뒤 아테는 슬그머니 다가와 헤라클레스의 눈을 가렸던 베일을 벗겼다.

그제야 제정신이 돌아온 헤라클레스는 눈앞에 펼쳐진 광경을 보고 경악했다. 아름답던 궁은 이미 다 무너졌고, 세 아이는 피를 흘리며 돌무더기 밑에 깔려 있었다. 자기가 죽였던 용이 사실은 세 아들이었다.

"신이시여, 어찌하여 저에게 이런 저주를 내리시는 겁니까?"

헤라클레스는 사랑하는 자식들을 자기 손으로 죽이고 말았다. 차마

눈뜨고 볼 수 없는 끔찍한 광경이었다. 무릎을 꿇고 오열하는 헤라클레스에게 크레온 왕이 다가왔다. 자식을 죽인 자는 어김없이 사형 선고에 처해진다. 혈육을 죽인 사람에게는 가장 큰 형벌을 내리는 법이다.

"헤라클레스, 너는 당장 테베를 떠나라. 그리고 메가라는 두 번 다시 너를 보지 않을 것이다. 나의 사랑하는 손자들을 죽인 너를 어찌 용서하겠느냐?"

크레온은 분노에 차서 호통을 쳤다. 메가라는 더 이상 헤라클레스를 보지 않으려고 했다. 헤라클레스는 자신이 악령에 씌어서 저지른 짓이라고 해명했지만 소용없었다. 어쨌든 자신이 낳은 아이들을 죽인 아비가 아닌가.

절규하던 헤라클레스는 그대로 궁을 나와 정처 없이 방랑의 길을 떠났다. 그는 테스피아이를 다스리는 친구 테스피오스 왕을 찾아갔다. 그는 마음속에 쌓여 있던 고통과 슬픔을 털어놓았다. 테스피오스는 목놓아 우는 헤라클레스를 가엾게 여겼다.

"친구여, 신들이 자네를 고통에 빠뜨리는 데는 무언가 뜻이 있을 것이네. 고통이 사라질 때까지 여기 머물도록 하게. 지난 일을 잊고 상처가 아물도록 노력하게나."

따뜻한 대접을 받으며 생활하는 동안에도 헤라클레스의 마음속 상처는 치유되지 않았다.

그렇게 세월이 흐른 어느 날 미케네의 전령이 테스피오스를 찾아왔다.

"스테넬로스 왕이 죽었습니다."

"그 뒤를 이어서 누가 왕이 되었는가?"

"에우리스테우스 왕자가 왕위를 물려받았습니다. 새로운 왕께서 헤라클레스에게 서신을 보냈습니다."

에우리스테우스는 헤라가 조작해서 7개월 만에 헤라클레스보다 먼저 태어난 자였다. 그렇게 해서 원래 헤라클레스가 가져야 했던 모든 권력을 물려받았다.

"헤라클레스, 에우리스테우스 왕의 서신이 왔네. 받아보게."

헤라클레스는 테스피오스가 전해준 서신을 펼쳐보았다.

제우스 신으로부터 나는 모든 그리스 사람들에게 명령할 권리를 부여받았다.

그리하여 미케네의 위대한 왕이 된 나는 암피트리온의 아들인 헤라클레스에게 명령을 내리겠다.

그대는 나에게 봉사해야 할 의무가 있다.

미케네로 와서 열두 가지의 위대한 과업을 수행하라.

이것은 신의 뜻이다.

그렇게 하여 나와 나의 왕국에 영광을 가져다주어라.

스테넬로스의 아들이며 제우스 신의 아들인 페르세우스의 후손 에우리스테우스 왕의 명령이다.

에우리스테우스는 교만하기 짝이 없었다. 실의에 빠진 헤라클레스를 위로하는 말은 한마디도 없었다. 단지 자신의 영광을 빛내줄 과업을 수행하라는 명령뿐이었다.

테스피오스는 말했다.

"친구, 이 따위 말도 안 되는 명령을 받들 필요 없네."

헤라클레스가 갈등하고 있을 때 올림포스의 신들도 설왕설래하고 있었다.

"고통에 빠진 헤라클레스를 이런 시험에 빠뜨려야겠소?"

헤라클레스를 지지하는 신들의 말이었다.

"제우스 신께서 맹세한 것이오. 신의 뜻을 바꿀 수도, 운명을 거스를 수도 없소."

반론을 제기한 것은 헤라 측의 신들이었다. 제우스는 자신의 맹세로 이러한 일이 벌어졌기에 아무 말도 하지 못했다.

사실 이 모든 일은 헤라의 계획이었다. 가장 비천하고 모자란 에우리스테우스를 통해 헤라클레스에게 열두 가지의 과업을 내려서 결국에는 죽게 만들려는 것이었다.

헤라클레스는 결심했다.

"나는 아들 셋을 죽인 자입니다. 어떠한 모욕도 감수하고 받아들여야 합니다. 그래야 내 죄가 조금이라도 씻길 것이 아닙니까. 다만 안타까운 것은 모자란 인간을 위해 봉사해야 한다는 것입니다. 열두 가지 과업이 무엇인지 모르겠지만 그자가 풀지 못하는 숙제가 아니겠습니까? 그걸 풀어줌으로써 수많은 사람들에게 도움이 된다면 기꺼이 나서겠습니다. 떠나기 전에 델포이 신전에 가서 신탁을 들어보겠습니다."

헤라클레스는 혼란스러운 마음을 정리하기 위해 델포이 신전으로 가서 제물을 바치고 기도를 올렸다. 이윽고 신탁이 내려왔다.

"위대한 영웅 헤라클레스, 너의 운명이다. 미케네로 가서 에우리스테우스를 위해 과업을 수행하거라. 네가 그것을 모두 이뤄낸다면 신들은 자식을 죽인 죄를 용서해줄 것이다."

그 말을 듣자 헤라클레스는 모든 것이 분명해졌다. 자기의 죄를 씻기 위해서는 가장 어리석은 에우리스테우스의 명령을 받들어 열두 가지 과업을 수행해야 한다.

"신들이시여, 알겠습니다. 감사합니다."

헤라클레스는 비로소 마음이 가벼워졌다. 명확한 할 일이 생겼기 때문이다. 속죄하는 마음으로 열두 가지 과업을 수행하는 것이 구원받는 길이자 자신이 가야 할 길이었다.

3

과업의 시작

헤라클레스는 자신을 따라온 이올라오스를 수행원으로 데리고 미케네로 출발했다. 이올라오스는 이피클레스의 용감한 아들로 그의 조카였다.* 그는 미케네에 도착하자마자 곧바로 왕을 만나기 위해 궁을 찾아갔다.

에우리스테우스와 헤라클레스의 운명은 출생부터 얽혀 있었다. 칠삭둥이인 그가 먼저 태어나는 바람에 왕이 되었고, 헤라클레스는 그의 명령을 받는 신분이 되었다.

"에우리스테우스 왕을 만나게 해주시오."

헤라클레스가 찾아왔다는 말을 듣고 에우리스테우스는 듬직한 신하

에우리스테우스

헤라클레스에게 열두 가지의 과업을 준 왕이야. 그는 질투와 두려움 때문에 헤라클레스에게 일부러 어려운 일을 시켰지. 성공할 때마다 그는 더욱 까다로운 과업을 내줬어. 그는 헤라클레스의 위대함을 두려워한 나머지 불안감을 극복하지 못한 인물이야. 한마디로 자존감이 낮은 인물이 얼마나 추악해지는지를 보여주지. 영웅을 인정하고 그 사람을 자기편으로 만드는 게 더 지혜로운 행동이라는 것을 몰랐던 거야.

하나가 온 줄 알고 기대에 부풀어 모습을 드
러냈다.

　하지만 실제로 본 헤라클레스는 키가 천장
에 닿을 듯하고 체격이 우람했다. 왕관을 비
롯해 온갖 장신구를 걸치고 한껏 거드름을 피
우며 나타난 에우리스테우스는 헤라클레스를
보자 깜짝 놀랐다. 잘생긴 얼굴과 온몸을 감싸
고 있는 탄탄한 근육질에 압도당할 수밖에 없
었다. 이에 반해 왕은 얼굴도 못생기고 몸집도
작은 데다 비쩍 말라서 볼품없는 사내였다.

　'아, 헤라클레스는 엄청난 사내구나. 괜히
서신을 보낸 것 아닌가.'

　그는 속으로 두려움에 떨면서도 겉으로는
짐짓 위엄 있는 척 물었다.

　"그, 그대가 헤라클레스인가?"

　"왕이시여, 과업을 수행하라는 명령을 받고
왔습니다. 해결하기 힘든 어려운 일이 있으면
저에게 말씀해주십시오. 무엇이든 제가 다 처
리하겠습니다."

　왕은 떨리는 목소리로 말했다.

　"아, 알았다. 일단 돌아가 있으면 내가 곧
명령을 내리겠다."

이올라오스는 헤라클레스의 쌍둥이
형제 이피클레스가 아우토메두사에
게서 낳은 아들이야. 평생 삼촌인 헤
라클레스를 따라다니며 그의 전차
를 몰았어. 그가 어디를 가든 늘 함
께했지. 지금도 헤라클레스의 그림
이나 도자기 등에 꼭 같이 등장해.
헤라클레스가 죽을 때까지 함께하
고 그가 죽고 나서는 그의 후손들을
돌보고 그의 뜻을 기리는 사업을 오
래도록 이어갔다고 해. 한마디로 아
들보다 나은 조카지.

헤라클레스가 떠나자 왕은 곧장 침전으로 돌아가 침대 위에 몸을 웅크리고 벌벌 떨었다. 자신은 헤라클레스에게 한주먹 거리도 안 된다는 사실을 깨닫고 불안감과 두려움이 극에 달했다.

'저런 영웅이라면 우리나라 정도는 단숨에 빼앗겠는걸.'

그는 생각에 잠겼다.

'가만있어 봐. 그렇다면 수행하다 죽을 만한 과업을 주면 되겠구나.'

하지만 헤라클레스에게 어떤 과업을 주어야 할지는 알 수 없었다.

'그래, 시간을 두고 천천히 생각해보자.'

너무 많은 고민을 하느라 에너지를 쏟은 왕은 그대로 곯아떨어졌다. 이 아둔한 왕에게 머리를 빌려주는 신이 있었으니 그것은 바로 헤라였다. 헤라는 에우리스테우스의 꿈속에 나타나서 말했다.

"어리석은 왕이여, 너는 어찌하여 헤라클레스를 네메아의 사자에게 보내지 않는 것이냐?"

준엄한 목소리에 왕은 벌떡 일어났다. 헤라의 목소리가 생생하게 들려오는 것 같았다.

'그렇지. 네메아의 숲속으로 보내면 되겠구나.'

네메아의 숲속에는 수십 마리의 힘을 합친 것과 맞먹는 괴력을 가진 사자가 살고 있었다. 그 가죽은 어떠한 활이나 창으로도 찌를 수 없고, 그 어떤 것도 두려워하지 않는 사자였다. 그도 그럴 것이 이 사자에게도 신의 피가 흘렀다.

사자는 불을 뿜는 거인 티폰의 자식이었다. 티폰이 누구인가. 제우스에게 맞서 싸운 거인이었다. 이 사자에게는 또 다른 괴물 형제들이 있었다. 유명한 레르나의 물뱀인 히드라와 머리가 셋 달린 개인 케르베로스, 그리고 불을 내뿜는 키마이라, 수수께끼를 내서 맞히지 못하는 사람은 잡아먹는 스핑크스가 모두 그의 형제들이었다.

에우리스테우스는 즉시 전령을 불렀다. 전령의 이름은 코프레우스*였다. 그 이름은 '똥을 쌓는 사람'이라는 뜻이다.

"부르셨습니까, 대왕님?"

"당장 가서 헤라클레스에게 나의 명령을 전하라."

"말씀하십시오."

"지금 바로 길을 떠나서 네메아의 사자를 처단하라고 일러라."

"기꺼이 전달하겠습니다."

헤라클레스에게 달려가면서 코프레우스는 이것이 처음이자 마지막 심부름이라고 생각했다. 네메아의 사자를 처단할 사람은 이 세상에 없기 때문이다. 코프레우스는 생각했다.

'영웅이 죽기 전에 마지막 명령을 전달하는 것도 나쁘지 않군.'

코프레우스는 처소에서 쉬고 있는 헤라클

여기서 잠깐!!

일설에 의하면 그 역시 리디아의 왕자였던 펠롭스의 아들이라고 해. 그렇다면 어머니는 엘리스의 공주 히포다메이아가 되지. 그런데 사람을 죽인 죄를 짓고 그 죄를 씻기 위해 조카인 에우리스테우스에게 가서 심부름꾼이 되었다는 거야. 비겁하고 무기력한 종이라고도 하지. 그의 아들 페리페테스는 트로이아 전쟁에 참전해 헥토르의 손에 죽었다고 해. 아버지보다 훨씬 용맹한 인물이지.

레스를 찾아가서 말했다.

"왕의 명령을 전합니다. 당장 네메아의 숲속으로 가서 사람들을 해치는 사자를 제거하라고 합니다."

헤라클레스는 명령을 듣자마자 곧바로 떠날 채비를 했다.

"알겠다. 그깟 사자 정도는 얼마든지 잡아주지."

그는 예전에 사자를 때려잡았던 곤봉을 아직 가지고 있었다. 어깨에 활과 궁대를 메고 힘찬 걸음으로 네메아로 향했다.

네메아로 가는 도중에 헤라클레스와 이올라오스는 하룻밤 묵으려고 어느 가난한 집에 들어갔다. 그런데 집주인 몰로르코스는 굶주림에 벌벌 떨고 있었다.

"영웅께서 오셨는데 대접할 게 없습니다."

그런데 먹을 것이 없다는 말과 달리 집 안 한쪽 구석에 신선한 음식이 잔뜩 쌓여 있었다.

"저기 산더미처럼 쌓여 있는 음식은 무엇이오?"

"저것들은 제우스 신께 바칠 제물입니다."

"어떤 기도를 올리기에 당신도 먹지 못하는 제물을 바친단 말이오?"

"네메아의 사자가 우리 집에 오지 않게 해달라고 기도하는 것입니다. 하루하루 살아 있게 해주심에 감사한 마음으로 제물을 바치는 것이지요."

"하하하. 내가 바로 제우스 신의 아들이오. 저 음식은 빨리 먹어치웁시다."

"안 됩니다. 제우스 신의 노여움을 사면 사자가 우리를 잡아먹으러 나타날 것입니다."

"나의 아버지가 아들에게 음식을 대접한 자를 핍박하실 리 없소. 배불리 먹고 힘을 냅시다. 그리고 더 이상 제물을 바칠 일이 없게 될 것이오."

그러자 몰로르코스가 말했다.

"영웅 헤라클레스여, 네메아의 사자는 보통 사자가 아닙니다. 괴물이 낳은 사자입니다. 그 괴물을 죽일 수 있는 사람은 없습니다. 올림포스의 신들도 죽이지 못할 것입니다. 우리는 늘 그 사자를 두려워하며 살아왔습니다. 농사도 짓지 못하고 과일나무도 심지 못해 온 들판이 황량하게 변했습니다. 수많은 영웅들이 괴물을 잡겠다고 왔다가 죽음을 맞이하는 것을 내 두 눈으로 보았습니다."

그 말을 듣고 헤라클레스는 조금 신중한 태도를 보였다. 하지만 약한 모습을 보일 수는 없었다.

"걱정 마시오. 사자를 죽이든 내가 죽든 결판을 낼 테니까. 내가 죽어서 돌아오지 못한다면 나를 위해 조촐하게나마 제사를 지내주시오."

헤라클레스와 이올라오스는 가난한 몰로르코스의 음식을 배불리 먹고 기운을 차렸다. 그러나 이올라오스는 두려운 마음이 조금 들었다.

"삼촌, 과연 우리가 제우스 신께 바친 제물을 먹으면서까지 싸워서 그 사자를 없앨 수 있겠습니까?"

"걱정하지 마라. 아버지께서 나의 배고픔을 알고 몰로르코스를 보내주신 것이야."

그날 밤 헤라클레스는 숙면을 취하고 다음 날 아침에 벌떡 일어났다.

"듣자 하니 이 곤봉만으로는 안 될 것 같다. 더 세고 단단한 나무를 찾아봐야겠어."

헤라클레스는 주변을 살피다 마침내 오래된 야생 올리브 나무를 발견했다. 나무줄기는 쇳덩이만큼이나 단단해 칼로 베어내기조차 힘들었다.

"곤봉을 만들기에 딱이구나."

이올라오스가 몇 번 칼로 찍어보더니 말했다.

"이건 칼도 안 들어가는 나무입니다."

"내가 언제 칼을 쓴다고 했느냐?"

헤라클레스는 나무를 끌어안고 힘을 주었다.

"끄응!"

올리브 나무는 몇 번 버티다 뿌리째 뽑혀 나왔다. 헤라클레스는 무릎에 나무를 괴고 절반으로 부러뜨린 다음 칼로 거칠게 다듬어서 마침내 어마어마한 곤봉을 하나 만들었다.

"무게도 적당하고 아주 좋다."

헤라클레스는 새 곤봉을 손에 들고 길을 떠났다.

드디어 숲에 도착했지만 어느 곳에도 사자가 보이지 않았다. 이올라오스는 숲의 반대편에서 사자를 기다리기로 했다. 그러나 시간이 꽤 지났는데도 사자가 모습을 드러내지 않았다. 사자는 사냥을 마치고 배가 부르면 더 이상 움직이지 않는 법이다.

며칠째 뜬눈으로 사자를 기다리다 지친 헤라클레스는 열흘 밤낮을 자고 일어나 다시금 온몸에 힘이 넘쳤다.

"여기는 그놈이 출몰하는 곳이 아닌가 보다. 다른 곳으로 옮겨 가

보자."

헤라클레스는 다시 자리를 옮겼다.

"동물들이라면 물을 안 먹을 수 없을 테니 물가로 가보자."

샘으로 가보니 과연 사자의 발자국이 보였다. 보통 사자보다 세 배는 더 큰 발자국이 진흙에 콕콕 박혀 있었다. 발자국만 봐도 얼마나 무시무시한 괴물인지 짐작할 수 있었다.

하지만 발자국이 뒤섞여 있어서 어느 것이 최근의 발자국인지 알 수 없었다. 헤라클레스는 또다시 사자를 찾아 길을 떠났다. 산을 오르고 골짜기를 내려가면서 길을 잃기도 했다.

커다란 바위가 시야를 가리고 있는 숲길을 돌아 나무를 헤치고 가던 헤라클레스는 순간 호흡을 멈췄다. 저만치에서 네메아의 사자가 평지에 엎드려 휴식을 취하고 있었다.

'오냐, 네놈이 거기 있었구나. 오늘이 너의 제삿날이다.'

헤라클레스는 화살을 쏘면 맞힐 수 있는 사정거리까지 살금살금 기어갔다. 바람은 사자에게서 헤라클레스 쪽으로 불고 있어서 냄새가 흘러갈 일도 없었다. 이윽고 사정거리에 들어오자 헤라클레스는 화살을 힘껏 당겼다. 인간이 당길 수 없는 강력한 활을 당겨서 사자의 이마 한가운데를 향해 쏘았다.

피웅!

화살은 빠르게 날아가 사자의 미간에 명중했다. 그러나 화살은 힘없이 튕겨져 나가고 말았다. 사자는 벌레를 떨쳐내듯이 고개를 몇 번 저을 뿐이었다. 두 번째 화살은 사자의 심장을 향해 쏘았다. 하지만 그 또

한 갈기에 맞고 떨어졌다. 사자는 귀찮다는 듯 바위 뒤로 사라졌다.

"네 이놈, 게 섰거라."

헤라클레스는 재빨리 쫓아갔지만 어느새 사자의 모습은 보이지 않았다. 풀숲을 더듬어 가다 보니 사자의 털이 여기저기 엉켜 있었다. 나뭇가지에 걸린 털을 따라가 보니 마침내 동굴이 하나 나타났다.

'옳거니. 이곳에 숨어 있구나. 언젠가는 나오겠지.'

헤라클레스는 사자굴이 잘 보이는 높은 곳으로 올라가서 기다렸다. 하지만 그날 밤도, 그다음 날 아침에도 사자는 동굴 밖으로 나올 기색이 없었다.

'이상하다. 왜 나오지 않는 거지?'

해가 중천에 떴는데도 사자는 보이지 않았다.

'분명히 물을 먹으러 나올 텐데.'

그때였다.

"어흥!"

사자의 울음소리가 온 산천을 울렸다.

헤라클레스가 깜짝 놀라 고개를 돌려보니 건너편 산기슭에서 사자가 포효하고 있었다. 개미처럼 작게 보일 정도로 멀리 있었지만 분명 사자였다.

'이 녀석이 동굴을 어떻게 빠져나갔지? 다른 입구가 있는 모양이다. 저기까지 가려면 시간이 너무 많이 걸릴 테고, 간다 한들 또 도망가면 할 수 없지 않은가. 이곳에서 계속 기다리는 것이 낫겠어.'

하지만 아무리 기다려도 사자는 동굴 입구로 나오지 않았다. 헤라클레스는 숲과 계곡과 산길을 헤맸지만 사자의 모습은커녕 소리도 들리지 않았다. 그는 기진맥진한 채 다시 동굴 입구로 돌아왔다.

'이놈의 사자가 어딜 갔을까? 귀신이 곡할 노릇이군.'

그때였다. 등 뒤에서 바스락 소리가 났다. 고개를 돌려보니 동굴에서 사자가 나오고 있었다. 사자는 펄쩍 뛰어오르더니 계곡 아래로 사라져 버렸다. 하지만 헤라클레스는 사자를 쫓아가지 않았다.

'일단 입구 하나라도 막아보자.'

헤라클레스는 사자가 나온 동굴 입구를 커다란 돌로 막아버렸다. 동굴이 막힌 것을 알고 사자가 어떤 행동을 하는지를 보고 방법을 강구할 생각이었다. 해 질 무렵 사자가 먹이사냥을 하고 돌아왔는지 동굴 안에서 울부짖는 소리가 들렸다.

"어흥!"

배가 부른 채 다른 입구로 동굴 안에 들어갔다가 헤라클레스가 막아놓은 입구로 나오려다 당황한 것이다. 다음 날 헤라클레스는 동굴 입구를 살피며 살살 돌을 밀어내고 안을 들여다보았다. 사자가 안쪽에서 바윗돌을 밀어내려 애쓴 흔적이 보였다. 입구를 막아놓은 바위 중에 한두 개는 굴러떨어져 있었던 것이다.

'이 입구로 못 나오고 아직 안에 있구나.'

헤라클레스는 전통적인 방법을 쓰기로 했다.

"이올라오스, 너는 여기서 불을 때거라."

이올라오스는 헤라클레스의 명을 받아 마른풀과 장작을 모아서 불을 붙이고 동굴 입구로 매캐한 연기를 들여보냈다. 헤라클레스는 날듯이 반대쪽 동굴 입구를 향해 달려갔다. 예상대로 반대쪽 동굴 입구로 연기가 새어 나왔다. 헤라클레스는 곤봉을 들고 사자를 기다렸다. 아니나 다를까 사자는 어둠 속에서 눈빛을 빛내며 어슬렁어슬렁 동굴 입구까지 나왔다. 하지만 경계심을 늦추지는 않았다. 사자는 동굴 입구에 멈춰서 한참이나 주위를 살피더니 마침내 큰 소리로 포효하며 밖으로 나왔다.

"어흥!"

주변의 적들에게 위세를 드러내며 도망가라는 뜻이었다.

하지만 사자는 알지 못했다. 동굴 입구의 바위 위에서 헤라클레스가 기다리고 있다는 것을. 마침내 사자가 동굴 밖으로 머리를 내미는 순간 헤라클레스는 그대로 뛰어내리면서 온몸의 무게를 싣고 곤봉을 휘둘렀다.

"네 이놈, 오늘이 마지막이다."

땅이 팰 정도로 강력하게 머리통을 갈겼지만 사자는 꿈쩍도 하지 않았다. 오히려 올리브 나무로 만든 곤봉이 뚝 부러지고 말았다.★

"이럴 수가!"

헤라클레스는 깜짝 놀랐다. 하지만 사자가 비틀거리는 것을 보고 재빨리 등에 올라타 목을 끌어안고 힘을 주었다. 사자는 자기 등에 올라탄 헤라클레스를 물 수도, 할퀼 수도 없었다. 몸부림을 쳐봐도 떨어지지 않았다. 헤라클레스는 인간이 아니라 신에 가까운 영웅이었다. 그는 사자의 목을 더 힘껏 조였다.

"헉헉!"

거친 숨을 내쉬는 헤라클레스의 근육은 더욱 팽팽해졌다. 반나절이 지나자 마침내 숨이 막힌 사자는 이승에서 마지막 운명을 다했다. 사자의 영혼은 스틱스강을 건너 하데스가 다스리는 지하세계로 내려갔다.★

사자의 몸이 축 늘어지자 헤라클레스는 비로소 힘을 풀고 사자의 등에서 내려왔다. 몇 시간 동안 힘을 주느라 그의 팔뚝은 여전히 경련이 일어나고 있었지만 첫 번째 과업을 완수했다는 기쁨의 포효를 했다.

"으아아!"

반대편 입구에서 불을 때고 있던 이올라오스가 달려왔다.

"드디어 사자를 잡으셨군요."

"듣던 대로 보통 사자가 아니더구나."

죽은 사자를 본 순간 이올라오스는 입이 딱 벌어질 지경이었다. 헤라클레스는 사자를 죽였다는 증거로 가죽을 벗겨서 가져가려고 했다.

"이놈을 메고 미케네까지 가는 것은 불가능해."

칼로 사자를 찔러보았지만 들어가지 않았다.

여기서 잠깐!!

그리스에는 1000년이 넘는 수령의 올리브 나무도 열매를 맺을 정도로 생명력이 강하고, 혹독한 기후에서도 살아남을 정도로 아주 단단하지. 아름다운 나뭇결이 세련되고 고급스러운 느낌을 주어서 오늘날에는 가구나 주방용품의 재료로 쓰이고 있어. 게다가 기름 성분이 많은 목질이어서 탄력도 좋아. 이런 나무로 만든 몽둥이가 뚝 부러질 정도로 사자의 힘이 엄청나다는 거야.

● ● ●

《성경》에도 비슷한 이야기가 나와. 바로 삼손이 사자를 죽인 내용이야. 삼손은 〈구약성경〉에 나오는 마노아의 아들이야. 삼손은 절대 머리를 자르지 말라는 계시를 받고 태어났지. 그는 블레셋(현재의 팔레스타인)에 저항한 이스라엘의 영웅이고 최후의 순간에 신전을 무너뜨려 수많은 사람들을 죽게 했지. 그야말로 드라마틱한 삶을 살았어. 아마도 헤라클레스의 신화가 삼손의 설화에 영향을 미친 게 아닐까 싶어.

이올라오스가 말했다.

"사자의 가죽을 벗기는 것도 쉬운 일이 아니겠어요."

하지만 헤라클레스는 지혜로운 자였다. 가장 강한 다이아몬드는 다이아몬드로만 깎을 수 있는 법이다.

"이 녀석의 발톱을 써야지."

헤라클레스는 사자의 날카로운 발톱을 뽑아내 아가리를 벌리고 입에서부터 가죽을 벗겨냈다. 머리부터 시작해서 꼬리까지 마침내 사자의 가죽이 통째로 벗겨졌다.

헤라클레스는 모닥불을 피워놓고 사자의 가죽을 나무에 대고 판판히 펼친 다음 수분을 제거하기 위해 건조했다. 두 사람은 사자 고기를 구워 먹고 힘을 보충했다.

미케네에서는 헤라클레스에게 먹거리와 잠자리를 주었던 가난뱅이 몰로르코스가 두려움에 떨며 헤라클레스가 돌아오기를 기다리고 있었다.

'지금까지 돌아오지 않는 것을 보면 그 영웅도 결국 죽었나 보구나.'

그가 헤라클레스의 제사를 지내주려고 나뭇단을 쌓아놓고 있을 때였다. 갑자기 저 멀리에서 사자 한 마리가 다가오는 것이 아닌가.

"사, 사자다. 역시 신께 제물을 바치지 않아서 사자가 나타난 거야."

몰로르코스가 무서워서 부들부들 떨고 있을 때 목소리가 들렸다.

"여보게 친구, 날세! 놀라지 말게."

그것은 바로 사자 가죽을 둘러쓴 헤라클레스였다. 장난을 치려고 가죽을 뒤집어쓰고 기어온 것이다. 몰로르코스는 깜짝 놀랐다. 어둠 속에

헤라클레스

그리스 신화에서 가장 힘센 영웅이야. 그는 인간으로서는 도저히 해낼 수 없는 열두 가지 과업을 수행하며 많은 괴물들을 물리쳤어. 이 과업은 모두 신들의 왕인 제우스의 아내 헤라의 질투에서 시작된 거야. 하지만 그의 과업 해결은 사실 그리스의 세력 확장의 신화이기도 해. 헤라클레스는 강한 힘뿐만 아니라 어려움을 극복하는 인내심과 포기하지 않는 끈기도 가지고 있었어. 우리가 어려운 상황에서도 포기하지 않고 끝까지 노력하는 것이 중요하다는 사실을 깨닫게 해주지.

서 다가가 횃불에 얼굴을 비춰보았다. 정말 자기 집에서 묵다 간 헤라
클레스였다. 게다가 사자 가죽을 걸치고 있었다.

"이렇게 기쁠 수가. 이렇게 기쁠 수가!"

몰로르코스는 헤라클레스를 끌어안고 덩실덩실 춤을 추었다.

"자네, 아직 제물을 가지고 있는가?"

"당신이 죽은 줄 알고 제사를 지내려고 했습니다."

"그냥 가져오게. 배가 고프니 다 먹어치워 버리지."

"여부가 있겠습니까?"

이올라오스와 헤라클레스, 그리고 가난한 친구 몰로르코스는 함께
배불리 음식을 먹었다. 헤라클레스는 그날 밤 자신이 겪은 놀라운 무용
담을 들려주었다.

다음 날 아침 세 사람은 제우스 신께 제물을 바치고 기도를 올렸다.
아버지 제우스 신이 기뻐하는지 하늘에서 마른천둥이 울렸다.

그날 오후 헤라클레스는 몰로르코스에게 작별 인사를 하고 길을 떠
나 저녁 무렵 미케네 궁에 도착했다. 네메아의 사자 가죽은 그의 몸에
딱 맞는 옷과 같았다. 앞발 가죽은 목도리처럼 목에 두르고 뒷발 가죽
은 허리에 둘렀다. 이를 본 사람들은 모두 두려움에 떨며 엎드려 고개
를 숙였다.

"왕께 아뢰어라. 첫 번째 과업인 네메아의 사자를 죽였다고 말이다."

에우리스테우스는 헤라클레스가 죽지 않고 돌아왔다는 말에 깜짝
놀랐다.

"아니, 그자가 죽지 않고 돌아왔단 말인가?"

"예, 사자를 잡아왔습니다."

"다른 사자를 죽인 것이 아니고?"

"아닙니다. 네메아의 사자가 맞습니다."

그때 문이 열리더니 병사들이 사자 가죽을 들고 왔다.

"왕이시여, 헤라클레스가 가져온 네메아의 사자 가죽입니다."

입을 벌리고 있는 사자 가죽을 보자 에우리스테우스는 너무 무서워 그대로 기절하고 말았다. 간담이 약한 그는 사자를 직접 본 적도 없었다.

"왕이시여! 정신을 차리소서!"

신하들이 왕을 데려가 침대에 눕혔다. 물을 먹이고 찬바람을 쐬어주자 한참 뒤에야 왕은 깨어났다.

"무시무시한 사자를 잡아왔다니 놀라운 일이다. 하지만 꿈속에서 나는 두 번째 과업이 떠올랐다. 빨리 코프레우스를 불러라."

코프레우스가 득달같이 달려왔다.

"저 사자 가죽은 꼴도 보기 싫으니 헤라클레스에게 돌려주거라. 그리고 두 번째 과업을 알려주어라."

"그것이 무엇입니까?"

"히드라를 없애라고 해라."

"히드라라면 이 사자의 형제 아닙니까?"

"그렇다. 너는 가서 과업을 전하기만 하면 된다."

쉬고 있던 헤라클레스는 코프레우스를 반갑게 맞이했다.

"이번에는 어떤 과업을 전해주러 왔는가?"

"네메아의 사자를 죽인 것을 보고 왕께서 기뻐하셨습니다. 하지만 그 사자의 형제인 히드라가 아직 살아 있습니다. 히드라를 제거하는 것이 두 번째 과업입니다."

"히드라?"

그러자 옆에 있던 사람들이 모두 두려움에 떨었다. 헤라클레스는 히드라가 무엇인지 알지 못했다.

"히드라는 무시무시한 뱀이오."

"레르나의 숲에 살고 있다오."

"히드라는 살아 있는 것들이라면 모두 다 죽여버리지."

"인간이 감히 히드라를 죽일 수는 없소."

사람들이 중구난방으로 떠드는 소리를 듣고 헤라클레스가 물었다.

"뱀인데 왜 못 죽인단 말인가? 이런 사자도 죽였는데."

"히드라는 머리가 아홉 개나 달려 있습니다. 더구나 그중 하나는 절대 죽지 않는다고 합니다."

"머리를 자르면 잘린 부위에서 머리 두 개가 다시 자란다고 합니다."

헤라클레스는 이올라오스를 보며 물었다.

"이번에도 같이 가겠느냐?"

"당연히 따라가야지요."

둘은 마차를 타고 히드라를 잡으러 출발했다. 이올라오스는 충실하게 헤라클레스의 마차를 몰았다. 그는 잘 훈련된 전차병이기도 했다.

이올라오스는 너무 궁금하다는 듯 물었다.

"그런데 어찌하여 저런 보잘것없는 왕의 명령을 계속 받드는 것입니까?"

"저자는 나를 두려워한다. 나를 죽이려고 저런 과업을 주는 것이지. 그런데 이 사자를 죽이라는 명령은 어리석은 일이었어. 이 사자의 가죽이야말로 나의 갑옷이나 마찬가지니까. 히드라의 독이 든 이빨도 막아낼 수 있을 것이야."★

드디어 레르나의 늪에 다가가자 더 이상 마차를 몰고 갈 수 없었다.

이올라오스가 물었다.

"어떻게 하시겠습니까?"

"나 혼자 가겠다. 너는 여기서 기다려라."

"저도 가겠습니다."

"아니다. 이번에는 너의 도움을 받을 수 없다. 왕이 분명히 말하지 않았느냐. 나 혼자 가서 없애라고. 그의 명령을 그대로 따라야 한다."

헤라클레스는 발이 푹푹 빠지는 늪지대를 걸어갔다. 곧 맑은 샘가에서 동굴을 발견했다. 동굴 바닥이 반들반들한 것은 뱀이 오랜 세월 드나든 흔적이었다.

그때 동굴 쪽에서 무언가가 흔들리는 것이 보였다. 자세히 보니 머리가 아홉 개 달린 히드라였다.

여기서 잠깐!!

훗날 헤라클레스를 롤모델로 삼은 위인이 하나 있었어. 그의 이름은 알렉산드로스. 알렉산더 대왕으로 잘 알려져 있지. 그는 자신의 술잔을 헤라클레스의 잔이라고 명명하고 늘 들고 다녔어. 사자 머리 가죽을 뒤집어쓴 자신의 얼굴을 동전에 새기기도 했지. 이처럼 영웅의 이야기는 또 다른 영웅을 탄생시키는 거야.

'저 괴물을 어떻게 꾀어낸다?'

문득 사자를 잡았던 방법이 떠올랐다.

'그렇지. 불을 붙여 연기를 쏘아대면 되겠구나.'

헤라클레스는 활을 꺼내 활촉에 마른풀을 묶어서 불화살을 만들었다. 동굴을 감싸고 있는 숲을 향해 불화살을 쏘아대자 매캐한 연기가 동굴 속으로 들어갔다. 동굴 속에 있던 히드라는 연기를 참지 못하고 마침내 모습을 드러냈다. 사방은 온통 불길이어서 히드라는 갈 곳이 없었다. 딱 한 군데 불길이 없는 곳으로 나오니 헤라클레스가 버티고 서 있었다. 매운 연기와 뜨거운 열기 때문에라도 히드라는 헤라클레스와 싸워야 했다.

"네가 바로 히드라구나."

헤라클레스는 신중하게 접근했다. 히드라의 이빨에는 강력한 독이 있기 때문이다. 게다가 히드라는 사자 가죽이 자기 동생이라는 것을 알고 더욱 흥분하여 아홉 개의 머리를 회오리처럼 움직였다. 히드라는 물 위를 미끄러지듯이 달려와 헤라클레스를 그대로 덮쳤다. 헤라클레스는 맨 먼저 다가오는 머리를 향해 칼을 휘둘렀다. 무가 썰리듯 목이 잘려나갔다. 다음 목도 쳐냈다. 수없이 목을 쳐냈지만 소용없었다. 머리 하나를 자르면 거기에서 두 개가 다시 나왔기 때문이다. 히드라의 목은 잔가시가 잔뜩 나 있는 잡목 같았다. 그사이 히드라의 다른 입이 사자 가죽을 물어뜯다 이빨이 부러져나갔다.

독을 뿜어내며 덤벼드는 히드라의 이빨은 두려워할 필요 없었다. 사자 가죽을 입고 있었기 때문이다. 문제는 자꾸 생겨나는 머리였다. 어느

새 히드라의 몸통이 헤라클레스의 몸을 감았다. 꽉 조여 뼈를 으스러뜨리려는 것이었다. 하지만 헤라클레스를 넘어뜨린다는 것은 태산을 무너뜨리는 것과 같았다.

그때 헤라클레스는 갑자기 발이 따끔하는 것을 느꼈다.

"아야!"

발밑을 내려다보니 커다란 게 한 마리가 그의 발과 다리를 무는 것이었다. 헤라가 도와주려고 보낸 게는 히드라 뒤에서 복병처럼 헤라클레스를 공격했다. 헤라클레스는 단번에 발로 걷어차 게를 하늘로 날려버렸다. 강력한 발길질에 게는 하늘 높이 날아가 그대로 별자리가 되었다.

"헤라 여신이 히드라를 돕는다고? 그러면 나에게도 도와줄 사람이 있다. 이올라오스! 어서 나와라. 여기 있는 거 다 안다."

이올라오스는 허둥지둥 달려왔다. 저 멀리서 몰래 삼촌을 따라와 지켜보고 있었던 것이다.

"예, 삼촌!"

"저기 불이 붙어 있는 숲에서 횃불을 만들어 오너라."

이올라오스가 재빨리 횃불을 만들어 오자 헤라클레스가 명령했다.

"내가 뱀의 목을 칠 때마다 잘린 면을 불로 지져라. 불에 덴 자리에서는 머리가 다시 나지 않을 것이다."

헤라클레스가 뎅겅뎅겅 히드라의 목을 칠 때마다 이올라오스는 벌겋게 달아오른 횃불로 잘린 부위를 지져댔다. 살이 타는 고약한 냄새가 퍼져나갔다. 그리고 히드라의 머리가 더 이상 생겨나지 않았다.

"에잇, 에잇!"

마침내 하나의 머리만 남았다. 영원히 죽지 않는 머리였다. 히드라의 머리가 있는 힘을 다해 달려드는 순간 헤라클레스는 벌린 아가리 속으로 칼을 찔러 넣었다. 그리고 칼이 목 뒤로 뚫고 나오자마자 힘껏 비틀어버렸다. 마지막 남은 히드라의 머리가 땅바닥에 떨어졌다.

주위에는 온통 히드라의 독이 시냇물처럼 흘렀다. 헤라클레스는 히드라의 껍질을 벗겨서 전리품처럼 챙기고 화살촉에는 히드라의 독을 발랐다. 그리고 작은 병에 히드라의 독을 담아 주둥이를 꽁꽁 묶었다. 언젠가 필요할 때 쓰기 위해서였다.

"자, 이 마지막 머리는 증거로 가져가야겠다."

그들은 히드라의 머리를 자루에 담아 미케네로 돌아갔다.

궁 입구에는 많은 사람들이 모여 있었다. 헤라클레스가 히드라를 제거했다는 소문이 벌써 퍼진 것이다.

"헤라클레스 만세! 진정한 영웅은 그대요!"

헤라클레스는 궁으로 들어가 왕을 알현했다.

"왕이시여, 히드라의 머리를 가져왔습니다."

헤라클레스가 자루에서 꺼낸 뱀의 입에서 아직도 독이 줄줄 흘러나왔다. 에우리스테우스는 두려움에 떨며 말했다.

"이 독으로 나를 죽이려는 것이냐? 당장 가서 태워버리든지 묻어버려라."

헤라클레스가 처소로 돌아가고 나서 에우리스테우스는 불면의 밤을 보냈다. 불가능한 과업을 벌써 두 개나 완수한 헤라클레스를 제거할 방법이 생각나지 않았다.

'안 되겠다. 세 번째 과업을 줘야겠다.'

헤라가 알려준 세 번째 과업은 스팀팔로스호수에 사는 식인 새를 제거하는 것이었다. 이 새들의 날개는 청동이고 발톱과 부리는 쇠로 되어 있었다. 몸집이 어마어마하게 큰 새는 인간이든 짐승이든 움직이는 것을 발견하면 무조건 달려들어 형체도 남기지 않고 먹어치웠다. 조금이라도 강한 상대가 나타나면 청동 깃털을 뽑아 떨어뜨려서 화살처럼 쏘아 죽였다.

헤라클레스는 사자 가죽을 입고 독화살로 무장한 뒤 방패를 들고 이올라오스와 함께 스팀팔로스호수에 도착했다.

"그 새가 도대체 어디 있다는 거냐? 아무리 하늘을 살펴봐도 파리 한 마리 날아다니지 않는데."

"삼촌, 이걸 보십시오."

이올라오스가 가리키는 곳을 보니 1미터 가까운 크기의 청동 깃털이 땅바닥에 꽂혀 있었다. 화살촉처럼 날카로웠다.

"이것이 바로 그 새의 깃털이구나. 이렇게 크고 뾰족한 깃털에 맞으면 살 수가 없겠구나. 하지만 방패로는 충분히 막을 수 있겠다. 조심하거라."

"어떻게 하시겠습니까?"

"나는 사자 가죽을 입고 있지 않느냐?"

"문제는 이 새들이 안 보인다는 것입니다."

"기다려보자. 어떤 동물이든 금방 나타나지는 않으니까."

그들이 물가를 배회할 때 마침내 새 두 마리가 날아왔다. 낯선 자가 나타나자 그들은 늘 하던 대로 청동 깃털을 뽑아 떨어뜨렸다. 바람 같은 소리를 내며 깃털이 날아왔지만 빗나갔다. 헤라클레스는 새 두 마리를 향해 화살을 쏘았다. 거의 동시에 날린 두 대의 화살이 하나씩 새의 몸통에 꽂혀 땅바닥에 떨어졌다.

하지만 새가 몇 마리나 있는지 알 수 없었다. 두 마리 정도 죽인다고 과업을 완수하는 것도 아니었다. 어마어마한 새들을 해치워야 하는 힘든 싸움이었다. 하늘에서 지켜보고 있던 아테나 여신은 도와줘야겠다는 생각이 들었다.

'저들을 위해 딸랑이 하나를 보내주어야겠다.'

올림포스산에서 딸랑이 두 개가 바람처럼 날아와 땅바닥에 떨어졌다.

"엇, 하늘에서 뭔가 떨어졌습니다."

이올라오스가 들고 보니 딸랑이 종이었다.

헤라클레스는 딸랑이 종의 쓰임새를 얼른 알아챘다.

"아테나 여신이 보내준 것이다. 농부들도 이 딸랑이로 새들을 쫓지 않더냐? 이걸 흔들어보자."

딸랑이를 흔들어대자 온 하늘에 소리가 울려 퍼졌다.

"땡그랑! 땡그랑! 땡그랑!"

그 소리를 들은 새들은 깜짝 놀라 둥지에서 날아오르기 시작했다. 어느새 하늘은 새들로 새카맣게 뒤덮였다.

"꺅꺅!"

거칠게 울어대는 새소리와 날갯짓하는 소리, 그리고 딸랑이 소리가 울려 퍼지자 세상이 온통 시끄러웠다. 새들이 날아오르며 공격하자 드디어 헤라클레스는 화살을 준비했다. 히드라의 독이 묻은 화살이 스치기만 해도 새들은 떨어졌다. 새 한 마리가 떨어질 때마다 커다란 동상이나 그릇이 깨지는 소리가 났다.

헤라클레스는 화살을 쏘다 보니 요령이 생겼다. 서너 마리가 겹쳐 날아가는 동선으로 쏘아서 한꺼번에 관통하는 것이었다. 새들도 만만치 않았다. 청동 화살을 비 오듯이 퍼부었지만 이올라오스는 방패로, 헤라클레스는 사자 가죽으로 막아냈다. 어느새 호숫가에는 새들의 시체가 산더미처럼 쌓였다.

"꺄아악!"

해 질 무렵 우두머리 새가 괴성을 지르며 하늘 높이 날아올랐다. 이곳을 버리기로 결심한 것이었다. 더 이상 이곳에 살 수 없었던 새들은 스팀팔로스호수를 영영 떠나버렸다.

밤이 지나고 다음 날 아침 해가 떠올랐다. 벌판에는 온통 죽은 새들이 가득했고 이를 지켜보던 주민들이 만세를 불렀다.

"만세, 만세! 이제 이 땅에 농사지을 수 있게 되었다."

이곳은 물이 풍부하고 비옥한 땅이었는데 새들 때문에 농사를 못 짓고 있었다.

헤라클레스는 죽은 새 한 마리를 가지고 돌아갔다. 그가 온다는 소식이 말보다 빠르게 에우리스테우스에게 전해졌다. 왕은 헤라클레스가 세 번째 과업까지 완수하자 미칠 지경이었다.

"이자가 도대체 어떻게 살아 돌아왔단 말이냐? 이자를 죽일 방법이 정녕 없단 말인가?"

그때 헤라가 그에게 귓속말로 속삭였다.

"걱정하지 말거라. 아직도 과업은 많이 남아 있다. 헤라클레스는 반드시 죽을 것이야. 이번에는 에리만토스산에 있는 야생 멧돼지를 산 채로 잡아오라고 해라. 산 채로 잡는 것은 죽이는 것보다 열 배는 힘든 법이다. 그는 절대 멧돼지를 잡아오지 못할 것이야."

에우리스테우스는 그 이야기를 듣자 자기 머릿속에서 떠오른 생각인 것처럼 기뻐했다.

'아하, 멧돼지를 잡아오라고 하면 되겠다.'

4

이어지는 과업

"뭐라고? 멧돼지 한 마리를 산 채로 잡아오라고?"

에우리스테우스의 명령을 조카인 이올라오스에게 전해 듣고 헤라클레스는 어이가 없었다. 사자와 히드라 같은 무시무시한 괴물을 처치한 그에게 고작 멧돼지를 잡아오라고 하니 말이다.

그러나 그것은 영웅에게 주어진 과업답게 보통의 멧돼지가 아니었다. 주변의 땅을 모조리 파헤쳐서 농부가 1년간 애써 경작한 작물들을 하루아침에 갈아엎어 버렸다. 더구나 멧돼지의 날카로운 이빨에 찔리는 순간 사람들은 목숨이 끊어졌다.

헤라클레스는 명령에 따라 에리만토스로 떠났다. 그는 사람들을 만나 이야기를 들으면서 멧돼지에 대한 정보를 얻었다. 산속으로 들어간 그는 샘물가에 앉아 물을 마시며 잠시 쉬고 있었다. 샘물가는 원래 인근에 있는 모든 동물들이 모여드는 곳이다. 물을 먹지 않고는 살 수 없기 때문이다. 저 멀리에서 말발굽 소리가 들렸다.

"아, 사람이 오는 모양이다."

하지만 그것은 반은 사람이고 반은 말인 켄타우로스였다. 켄타우로스는 헤라클레스에게 친절하게 말을 걸었다.

"그대는 누구인가? 나의 이름은 폴로스다."

다정하게 인사를 건네니 헤라클레스도 예를 갖췄다.

"나는 헤라클레스라고 하오. 과업*을 수행하러 이곳에 왔소."

폴로스는 반가워하며 말했다.

"오, 그대가 말로만 듣던 영웅 헤라클레스로군. 반갑소. 당신을 우리 동굴에 초대하고 싶은데 어떻소? 그대가 와주는 것만으로 크나큰 영광이오."

정중한 초대에 응하지 않을 이유가 없었다.

"그럼 초면에 신세 좀 지겠소."

"기꺼이 환영하오. 그런데 내 형제들에게 들키기 전에 빨리 동굴로 가는 게 좋겠소. 내 형제들은 굉장히 난폭한 자들이거든. 케이론은 지혜롭고 친절하지만 나머지들은 조심해야 하오."

"그렇소? 그런데 왜 이런 곳에 켄타우로스도 살고 멧돼지 같은 무서운 짐승도 사는 것이오?"

"사실 이곳은 신이 버린 황무지라오. 당신이 오래 있기는 힘든 곳이

오. 게다가 나의 형제들은 무지막지하기 짝이
없소. 그들을 만나면 위험하오. 당신을 죽일
수도 있소."

자신을 죽일 수 있다는 말에 어이가 없었지
만 헤라클레스는 자만하지 않고 폴로스를 따
라갔다. 폴로스는 동굴 안에서 최고의 음식을
대접했다. 각종 산해진미가 나왔는데 안타깝
게도 술이 없었다.

"이 땅이 아무리 척박하다 해도 포도주는
있을 터인데 어찌하여 포도송이 하나 없단 말
이오?"

"그럴 리가 있겠소? 여기 이 항아리에 술이
담겨 있소."

"그렇다면 술을 한잔하고 싶소. 이렇게 좋
은 음식에 술이 빠지다니 좀 섭섭하구려. 술
을 한잔 마시면 입맛도 돋고 기분도 좋아질 것
이오."

폴로스는 겸연쩍어하며 말했다.

"미안하오. 난들 왜 그것을 모르겠소. 하지
만 이유가 있소. 저 술은 신에게도 바치지 않
는 최고급 술이오."

"아쉽군요."

여기서
잠깐!!

앞으로 펼쳐질 헤라클레스의 과업
은 신화적인 측면에서 보면 흥미진
진한 모험 이야기야. 하지만 역사적
인 관점에서 보면 이웃 지역에 쳐들
어가서 식민지를 건설한 과정이지.
점점 더 먼 곳으로 과업을 해결하러
나가는 과정을 잘 살펴보면 그리스
점령의 역사를 알 수 있어. 특히 일
곱 번째 과업부터는 그리스를 떠나
더 넓은 세계로 나가지. 그리고 마지
막 두 개의 과업은 상상의 영역이야.

"하지만 당신은 헤라클레스가 아니오. 나의 영웅에게 한잔 대접하겠소. 다만 내 잔인한 형제들에게 들켜서는 곤란하오."

폴로스는 술을 따라 헤라클레스에게 건네주었다. 독한 술에 취기가 돌자 둘은 찬바람을 쐬려고 동굴 밖으로 나갔다. 동굴 앞으로 펼쳐진 뛰어난 경치를 감상하며 심호흡을 하고 있을 때였다. 입에서 나온 술 냄새가 숲속으로 흘러들어 멀리 있는 다른 켄타우로스들의 코에까지 스며들었다.

"누군가 우리의 귀한 술을 마신 모양이다."

"폴로스가 마실 리는 없는데? 도둑이 들었나 보네. 감히 우리도 안 마시는 귀한 술을 마시다니."

"그대로 놔둘 수 없다."

켄타우로스들은 말발굽 소리도 요란하게 숲속을 달려갔다. 멀리서 지축을 울리며 다가오는 소리를 듣고 폴로스는 당황했다.

"어서 숨으시오. 형제들이 오고 있소. 우리가 술을 먹은 것을 눈치챈 모양이오."

"그렇다면 빨리 피합시다."

하지만 이미 늦었다. 켄타우로스들은 낯선 남자가 자신들의 은신처에서 뛰어나오는 것을 보고 더욱더 빨리 달려왔다. 힘이 장사인 그들은 거대한 돌을 들거나 나무를 뿌리째 뽑아 들고 죽일 듯이 달려들었다. 용맹한 켄타우로스가 말의 몸으로 달려드니 당해낼 재간이 없었다.

헤라클레스는 위기감을 느꼈다. 그때 함께 달려오던 케이론은 멀리서도 사자 가죽을 입은 그가 헤라클레스라는 것을 알아보고 동료들을 말렸다.

"형제들, 진정하게. 저 사람을 죽여서는 안 되네."

하지만 소용없었다.

"우오오!"

켄타우로스들은 돌덩이를 집어 던지고 나무를 휘둘렀다. 먼 거리에서도 정확히 날아와 떨어지자 헤라클레스는 본능적으로 화살을 뽑아 힘차게 쏘았다. 상대가 먼저 공격했으니 정당방위였다. 히드라의 독이 묻어 있는 화살은 백발백중으로 켄타우로스들을 쓰러뜨렸다. 케이론은 더더욱 큰 소리로 외쳤다.

"저자는 헤라클레스야. 형제들, 이러면 안 된다네."

하지만 이미 상당수가 쓰러지고 얼마 남지 않은 켄타우로스들은 도망치고 말았다. 이후로 그들은 다시는 돌아오지 않고 인근 지역에 흩어져 숨어 살았다. 언젠가 헤라클레스에게 원수를 갚겠다는 마음을 품고 있었지만 이때부터 에리만토스산에는 더 이상 켄타우로스가 살지 않았다.

목숨을 잃을 위기에서 벗어난 헤라클레스는 비로소 활을 내려놓고 고개를 돌렸다. 그런데 헤라클레스의 마지막 화살 하나가 비껴 날아가 싸움을 말리던 케이론의 발을 스치고 말았다. 그는 불사신이긴 하지만 히드라의 독을 견딜 수는 없었다.

"으윽!"

헤라클레스는 고통에 몸부림치는 케이론에게 달려갔다.

"미안하오!"

헤라클레스가 어쩔 줄 몰라 하자 케이론은 고개를 저었다.

"아니오. 우리가 먼저 공격하지 않았소. 어서 가서 폴로스를 위로해 주시오. 그는 당신을 우리의 친구로 삼으려고 술을 대접했는데 어리석은 우리 동족들이 오히려 해를 자초했소."

"히드라의 독인데 괜찮겠소?"

"괜찮소. 나는 불사신이니 쉽게 죽지는 않을 거요."

하지만 늙은 케이론은 고통받다 죽을 운명이었다.

헤라클레스는 폴로스에게 달려갔다. 폴로스는 동족의 죽음으로 슬픔에 잠겨 있었다. 헤라클레스에게 친절을 베풀려다 도리어 화를 일으키고 말았다.

"미안하오, 폴로스. 그대의 동족들을 내가 거의 다 죽이고 말았소. 내가 참았어야 했는데."

"아니오. 그들은 언젠가 영웅의 손에 죽는다는 예언을 받은 적이 있소. 그 어떤 무기로도 우리를 죽일 수 없는데, 당신의 화살로 저들을 죽였다는 것이 참으로 무서운 일이오."

"화살에 히드라의 독이 묻어 있소."

"그것이 말로만 듣던 히드라의 독이구려."

"청동 화살촉에 독을 바르면 녹색으로 변하오."

폴로스는 궁대에서 화살을 하나 꺼내 신기한 듯 외쳤다.

"정말 나뭇잎 같소."

그 순간 헤라클레스는 깜짝 놀랐다.

"이것은 위험한 화살이오. 어서 내려놓으시오. 나만이 쏠 수 있는 것이오.”

“아, 미안하오. 당신 물건을 함부로 만졌구려.”

폴로스가 화살을 건네는 순간 날카로운 화살촉이 그의 손끝을 스치고 말았다. 금세 그의 손에서 핏방울이 떨어졌다.

“아! 이럴 수가!”

헤라클레스가 놀라 다가왔지만 이미 늦었다. 폴로스는 경련을 일으키더니 그대로 몸이 굳어 쓰러지고 말았다. 헤라클레스는 폴로스의 주검 앞에서 통곡했다.

“친구여, 나를 도와준 대가가 죽음이란 말인가!”

헤라클레스는 절규했지만, 이미 폴로스는 죽음의 강을 건너고 말았다. 그는 슬픔을 겨우 억누르고 폴로스를 양지바른 곳에 묻어준 다음 그곳을 떠났다.

헤라클레스는 자신에게 깨달음을 준 켄타우로스들을 마음속 깊이 애도했다.

케이론은 히드라의 독으로 인한 상처로 몇 년간 고생하던 끝에 제우스에게 죽게 해달라고 기도했다.

“제우스 신이시여, 당신의 아들이 쏜 화살에 맞아서 이렇게 고통을 겪고 있습니다. 차라리 저를 죽게 해주십시오. 이 고통을 끝내게 해주십시오.”

불사신인 케이론이었지만 제우스는 미안한 마음이 들었다.

“케이론, 너의 소원대로 너를 죽게 해주겠다. 하지만 너는 죽음의 신인 하데스가 있는 지하세계로 내려가지 않을 것이다. 내 아들인 헤라클레스를 살리려고 했기 때문이다."

케이론의 영혼은 지하세계로 내려가지 않고 하늘로 올라가 별자리가 되었다. 이로써 하늘에는 헤라의 가슴에서 뿜어 나온 젖이 뿌려진 은하수와 헤라클레스를 물어뜯으려고 했던 게, 그리고 켄타우로스의 별자리가 생겨났다. 헤라클레스는 별자리를 보며 자신을 친절하게 대해줬던 켄타우로스를 그리워했다.

폴로스와 케이론이 고귀하게 희생된 뒤로 헤라클레스는 조금 더 성숙해졌다. 친절이 반드시 친절로 돌아오지 않는다는 것을 알게 되었다. 그것이 인생이었다.

헤라클레스는 과업을 수행하기 위해 사람들에게 물어물어 멧돼지의 발자국을 쫓았다. 그리고 마침내 야생 멧돼지가 출몰하는 곳을 알아내고 숨어서 멧돼지를 관찰했다.

예전 같으면 곤봉 한 방으로 멧돼지를 때려죽일 수도 있었다. 하지만 야생 멧돼지를 산 채로 잡아가야 했다. 산 채로 잡는 것은 죽이는 것보다 열 배는 더 힘든 일이다. 붙잡으려고 달려들면 멧돼지는 도망쳤다. 덫을 쳐놓으면 망가뜨리고, 쫓아가면 번개처럼 달아났다. 수풀로 밀어넣으면 동굴 속으로 빠져나갔다.

멧돼지를 잡지는 못하고 쫓기만 하던 헤라클레스는 어느새 지쳤다. 아무리 노력해도 자신보다 더 빠른 멧돼지를 잡을 수 없었다. 하지만 지혜로운 헤라클레스는 곰곰이 생각했다.

'동물을 산 채로 잡으려면 도망갈 수 없는 곳으로 몰아넣어야 한다. 높은 곳에 올라가서 어디로 몰면 좋을지 살펴봐야겠다.'

숲속은 멧돼지에게 자기 집 안방이나 마찬가지였다. 그래서 정확히 몰아붙일 곳을 찾지 못하면 헛수고였다. 헤라클레스는 높은 바위에 올라가 아래를 살펴보았다. 사방이 탁 트여 마땅한 곳이 없었다. 그런데 마침 산봉우리 하나가 눈에 들어왔다.

'그래, 저 깎아지른 산봉우리 쪽으로 몰면 멧돼지가 도망가기 힘들겠다.'

다음 날 헤라클레스가 다가가자 놀란 멧돼지는 달리기 시작했다. 다행히 산봉우리 쪽 언덕길을 올라갔다.

'옳거니!'

헤라클레스가 소리를 지르고 곤봉을 휘두르며 쫓아가자 멧돼지는 죽을힘을 다해 달렸다. 그러나 헤라클레스가 던진 돌멩이가 나무에 맞고 튕겨 나가자 놀란 멧돼지는 방향을 틀었다.

헤라클레스는 돌멩이를 던져가면서 봉우리와 봉우리 사이의 좁은 오솔길로 멧돼지를 몰아넣었다. 그곳은 그늘이 져서 눈이 잔뜩 쌓여 있었다. 멧돼지는 몸통까지 온통 눈에 파묻혀 허우적댔다. 마침내 헤라클레스가 다가와서 멧돼지의 다리를 붙잡아 밧줄로 꽁꽁 묶었다. 그러고는 거꾸로 들어 어깨에 메고 산을 내려왔다. 이제 미케네로 가는 일만 남았다.

헤라클레스가 미케네 성문으로 들어오자 백성들은 벌써 구경을 나와 있었다. 그러나 무서운 멧돼지를 보자 모두 소스라치게 놀라 도망쳤다. 멧돼지는 똥오줌을 마구 뿌려대고 있었다. 하지만 헤라클레스는 개의치 않고 수문병들을 지나쳐 궁으로 들어갔다.

신하들과 이야기를 나누고 있던 에우리스테우스는 헤라클레스를 보고 깜짝 놀랐다.

헤라클레스는 멧돼지를 내려놓으며 큰 소리로 외쳤다.

"왕이시여, 명령하신 대로 멧돼지를 잡아왔습니다."

"으아악!"

무시무시한 멧돼지를 보자 왕은 깜짝 놀라 엉금엉금 기다시피 했다. 그런데 사방이 트여 숨을 데가 없었다. 그는 할 수 없이 옆에 놓인 항아리 속으로 허둥지둥 들어갔다. 헤라클레스가 항아리 속을 들여다보며 말했다.

"왕께서는 어찌 이곳에 계십니까? 명령을 내리신 대로 멧돼지를 잡아왔습니다."

항아리 입구에 멧돼지 얼굴을 들이밀자 에우리스테우스는 비명을 질렀다.

"악! 저리 가라. 썩 꺼지지 못하겠느냐."

멧돼지의 입에서 쏟아진 침과 더러운 냄새가 항아리 속으로 떨어졌다. 에우리스테우스는 얼굴이 새하얗게 질린 채 온몸을 벌벌 떨었다.

헤라클레스는 멧돼지를 내려놓고 물러가 다음 과업을 기다렸다. 그런데 하루가 지나고 이틀이 지나도 전령이 오지 않았다. 에우리스테우스가 너무 놀란 나머지 아흐레 동안 몸져누워 있었기 때문이다. 마침내 자리를 털고 일어난 그는 전령인 코프레우스를 불렀다.

"저자를 빨리 여기서 쫓아내려면 다음 과업을 줄 수밖에 없다. 케리네이아의 암사슴*을 잡아오라고 해라. 이번에도 산 채로 잡아와야 한다."

사슴 한 마리를 잡아오는 것은 헤라클레스에게 일도 아니었다. 하지만 케리네이아의 암사슴도 보통 사슴이 아니었다. 게다가 아르테미스 여신이 보호하는 신성한 동물로 누구도 건드릴 수 없었다. 에우리스테우스는 회심의 미소를 지었다. 그런 사슴을 훔쳐 오거나 죽이면 여신의 분노를 사서 무사하지 못할 것이다.

"녀석은 사슴을 잡다가 지쳐 쓰러져 죽거나 아니면 여신의 분노를 사서 죽음을 맞이할 거야. 하하하! 아르테미스 여신이 가만 놔둘 리 없지. 아예 죽여버리면 나로서는 앓던 이가 빠지는 셈이야."

에우리스테우스는 이번 과업이 가장 훌륭하다고 생각했다. 아르테미스는 동물들을 엄청나게 사랑하는 여신이다. 그 가운데 자신과 닮은 아름다운 사슴을 가장 좋아한다. 특히 케리네이아의 암사슴은 가장 빠르고 사랑스러웠다. 청동 발굽은 아무리 달려도 지치거나 닳지 않으며, 돌 위를 박차고 날아오를 때 불꽃이 튀었다. 돌보다 단단한 머리에는 황금 뿔이 솟아 있었다.

마침내 헤라클레스는 평화로운 들판을 거

여기서 잠깐!!

스파르타의 왕인 라케다이몬의 어머니이자 아틀라스의 딸인 타이게테의 선물이었어. 사실은 달의 여신 아르테미스를 상징해. 얼룩무늬를 가진 이 암사슴은 황소보다 크고 화살보다 빨리 달렸대. 청동 발굽과 청동 혹은 황금으로 된 뿔이 달려 있어서 마치 수사슴처럼 보였다고 해.

닐고 있는 암사슴을 발견했다. 하지만 여신이 보호하는 사슴이었다. 헤라클레스의 냄새가 나거나 소리가 들리거나 모습만 보여도 사슴은 껑충껑충 뛰어 한달음에 산을 넘고 골짜기를 뛰어넘었다. 뿐만 아니라 계곡을 올라가기도 하고 내려가기도 하고 비탈을 휘달리기도 했다.

아무리 빠른 헤라클레스이지만 도무지 암사슴을 잡을 수가 없었다. 1년 내내 암사슴을 쫓아 죽을힘을 다해 달렸지만 암사슴은 항상 그의 앞에 있었다. 헤라클레스는 그리스 일대의 모든 땅을 누비고 다니느라 지칠 대로 지쳤다. 하지만 사슴은 지치는 법이 없었다.

그럴수록 헤라클레스는 더욱 결심을 굳혔다.

'언젠가는 너를 반드시 잡을 것이다. 나에게 포기란 없다.'

하지만 암사슴은 늘 눈에 띄는 거리에 있었고, 헤라클레스가 아무리 쫓아가도 다가갈 수 없었다.

그러다 마침내 기회가 찾아왔다. 암사슴이 강을 뛰어넘기 위해 잠시 머뭇거리고 있을 때였다. 라돈강에서 가장 폭이 좁은 곳을 뛰어넘으려고 좌우로 왔다 갔다 하는 사이에 헤라클레스는 재빨리 활을 뽑았다. 맨몸으로는 도저히 잡을 수 없었다. 화살에 묻은 독을 강물에 씻어내고 시위를 당긴 채 암사슴이 뛰어오르기를 기다렸다. 마침내 사슴이 박차고 뛰어오르는 순간이었다. 화살은 유성처럼 날아가 암사슴의 뒷다리 근육과 힘줄 사이를 관통했다. 얼마나 교묘했는지 피 한 방울 흘리지 않았다. 암사슴이 땅에 앞발을 디디기도 전에 화살은 사슴의 네 다리를 꿰뚫어버렸다.

암사슴은 네 다리에 화살이 하나씩 꽂힌 채 부르르 떨었다. 그 순간이었다. 이를 지켜보고 있던 아르테미스가 천둥 치듯 헤라클레스에게 나타나 꾸중했다.

"네 이놈! 감히 내 사슴을 잡아가려는 것이냐!"

헤라클레스가 뒤돌아보자 아르테미스가 활을 당겨 자신을 겨누고 있었다. 아르테미스는 잔인한 여신이다. 우연히 자신의 알몸을 보게 된 악타이온을 잔인하게 죽였다. 어머니 레토 여신을 경멸한 니오베의 아들과 딸들을 죽여서 복수한 여신이다. 그렇지만 헤라클레스는 두려워하지 않고 당당하게 말했다.

"저는 과업을 수행하고 있을 뿐입니다."

"네놈이 감히 내 암사슴에게 상처를 입혔단 말이냐? 너의 아버지가 제우스 신이듯이 나의 아버지도 제우스 신이다. 너와 나는 남매지간이라고 생각할지 모르지만 너는 인간이다. 인간 주제에 감히 나를 모욕하다니. 인간인 너를 동정할 이유가 없다. 이 화살로 너를 죽이면 그만이다."

이것이야말로 에우리스테우스가 의도한 것이었다. 가만히 있으면 헤라클레스는 죽을 수밖에 없었다. 그때 헤라클레스가 예를 갖춰 말했다.

"여신께서는 어리석은 미케네의 왕 에우리스테우스를 아실 것입니다. 그는 제우스 신의 명령에 따라 미케네를 지배하고 있습니다. 그자가 저에게 명령을 내리기를 이 암사슴을 산 채로 잡아오라고 했습니다. 저는 맹세하건대 이 암사슴을 그에게 보여주기만 하고 풀어줄 것입니다. 저는 이 암사슴을 죽일 마음이 전혀 없습니다. 신들께서 저를 장기판 위의 말처럼 이리저리 움직이고 있지 않습니까? 신들이 원하는 대로 저는 최선을 다할 뿐입니다. 그런 저에게 무슨 잘못이 있단 말입니까? 저에게 잘못이 있다면 죽이십시오."

논리 정연한 말이었다. 신이 정해준 운명에 따라 최선을 다하고 있다는 말에 반박할 수 없었다. 아르테미스 여신은 잠시 당황했다. 헤라클레스를 논리적으로 꺾기는 힘들었다. 신들의 과업을 수행하고 있는데 죽이는 것은 한마디로 모순이었다. 게다가 암사슴을 죽인 것도 아니었다. 헤라클레스를 죽였다가 제우스를 비롯한 신들의 비난을 감당하기도 두려웠다. 마침내 아르테미스는 활을 내려놓았다.

"좋다. 에우리스테우스에게 내 사슴을 데려가는 것을 허락하겠다. 하지만 살려서 보내야 한다."

"고맙습니다. 반드시 살려서 보낼 것입니다."

헤라클레스가 예우를 갖춰 인사를 올렸다.

"내가 인간에게 논리적으로 굴복한 것은 이번이 처음이다. 너는 듣던 대로 지덕체를 모두 갖춘 영웅이로구나."

위대한 과업은 체력과 용감함만으로 이루어지는 것이 아니었다. 때로는 논리로 무장해야 하고, 때로는 힘을 쓰기보다 지혜를 발휘해야 한다. 뿐만 아니라 신을 만나도 두려워하지 않는 용기가 필요하다. 헤라클레스는 그 모든 것을 갖추고 있었다.

헤라클레스는 암사슴을 묶어서 미케네로 돌아갔다. 에우리스테우스는 헤라클레스가 사슴을 보여주자 이번에는 두려워하지 않고 기다렸다는 듯이 말했다.

"좋다. 훌륭하게 과업을 완수했구나. 일단 물러가 있거라."

헤라클레스가 처소로 돌아가자 왕은 전령인 코프레우스를 불렀다.

코프레우스가 황급히 달려오자 왕이 말했다.

"너의 이름에 걸맞은 과업을 헤라클레스에게 전달해라. 지금 당장 엘리스로 가서 아우게이아스 왕의 외양간을 치우라고 명령해라. 다 치울 때까지 돌아와서는 안 된다."

"알겠습니다."

엘리스의 아우게이아스 왕은 천하의 게으름뱅이였다. 외양간에 수천 마리의 소를 기르고 있었는데 소똥을 한 번도 치운 적이 없었다. 결국 소똥이 굳고 그 위에 다시 소똥이 쌓여서 외양간 한가운데는 소똥이 산더미처럼 들어차 있었다. 사람들은 악취 때문에 가까이 다가갈 수가 없었다. 소똥은 더 이상 치울 수 없는 지경에 이르렀다.

아우게이아스 왕은 태양의 신 헬리오스의 아들이다. 짐승을 많이 키우기로 유명했는데 외양간에는 붉은 황소가 200마리, 백조보다 하얀 황소가 열두 마리나 있었다. 그중에 우두머리는 태양처럼 빛나는 붉은 황소였다.

부유한 아우게이아스 왕의 영토 대부분은 저지대였다. 엘리스 평야는 거름을 주지 않아도 농사가 잘되는 비옥한 땅이었다. 강물이 상류에 있는 영양분을 실어다 하류에 풀어주니 씨앗만 뿌려도 풍년이었다. 한마디로 소똥을 거름으로 쓸 일이 없어서 이런 일이 벌어진 것이다. 게다가 그 누구도 소똥을 치우려고 하지 않았다. 한번은 수백 명이 달려들어봤지만 딱딱하기가 돌덩이 같은 소똥을 퍼낼 수도 없었다. 소똥 냄새가 진동하는 외양간은 그 일대에 있는 사람들에게 큰 골칫거리였다.

이 더러운 일이 바로 헤라클레스의 여섯 번째 과업이었다.

전령 코프레우스는 덧붙였다.

"그 소똥을 누구의 도움도 받지 말고 혼자 치우라고 하십니다."

헤라클레스는 왕의 뜻을 알아챘다. 평생 소똥이나 치우며 살라는 것이었다. 비록 헤라클레스라 하더라도 백만 년은 걸릴 만한 어마어마한 양이었다. 에우리스테우스는 헤라클레스가 소똥 무더기 속에 갇혀 소를 치는 목동으로 살아가게 되었다는 생각에 기뻐 어쩔 줄을 몰랐다.

며칠 뒤 헤라클레스는 엘리스에 있는 아우게이아스 왕의 외양간에 도착했다. 듣던 대로 그 넓은 외양간에는 소똥이 어마어마하게 가득 차 있었다. 문제가 있다면 해결책도 있는 법이라고 헤라클레스는 긍정적으로 생각했다. 우선 그는 사자나 멧돼지를 잡을 때처럼 높은 곳에 올라가 지형지물을 살펴보기로 했다.

그는 한달음에 가장 높은 산꼭대기에 올라가 아래를 내려다보았다. 외양간은 평야의 한쪽 가운데 자리 잡고 있었다. 강 두 줄기가 마치 뱀처럼 넓은 평야를 지나 지평선 너머로 흘러갔다.

'참으로 크고 멋진 강이로구나.'

외양간은 바로 알페이오스강과 페네이오스강 사이에 있었다. 헤라클레스는 좋은 생각을 떠올리고 회심의 미소를 지었다.

하지만 외양간을 치우려면 왕에게 먼저 허락을 받아야 한다. 헤라클레스는 산을 내려와 그곳의 통치자인 아우게이아스 왕을 찾아갔다.

"인사드립니다. 저는 헤라클레스입니다. 엘리스의 외양간을 치우라는 명령을 받고 왔습니다."

아우게이아스는 뜻밖의 말에 다시 물었다.

"뭐라고? 뭘 치운다고?"

"외양간을 치워드리겠습니다. 그것도 하루 만에."

"하하하!"

아우게이아스는 웃다가 의자에서 떨어질 뻔했다.

"그 외양간을 다 치우려면 일꾼이 어마어마하게 많아야 할 텐데 얼마나 데리고 왔는가?"

"저 혼자 치울 것입니다."

"혼자?"

아우게이아스는 아예 땅바닥을 뒹굴며 웃었다.

"그것을 혼자 다 치우려면 얼마나 걸릴 것 같은가?"

"하루 만에 치울 것입니다."

아우게이아스는 정색하며 말했다.

"내 앞에서 헛소리를 하면 안 된다. 그 말을 책임질 수 있겠는가?"

"다시 한번 약속드립니다. 저 혼자 하루 만에 치우겠습니다."

"좋다. 네가 말한 대로 하지 못한다면 너의 목을 바쳐라."

"제가 해내면 뭘 주시겠습니까?"

"내 소의 10분의 1을 주겠다."

그는 아들 필레우스를 약속의 증인으로 내세웠다.

필레우스는 헤라클레스에게 맹세하라고 요구했다. 헤라클레스는 한 번도 무언가를 맹세해본 적이 없었지만 그들이 원하는 대로 따랐다.

"하늘에 맹세하노니, 하루 만에 외양간을 치우겠습니다."

그러자 필레우스가 왕에게도 말했다.

"아버지께서도 맹세하십시오."

"내가 무슨 맹세를 한단 말이냐?"

"약속대로 해내면 소를 주겠다는 맹세를 하셔야 계약이 성사되지 않겠습니까?"

아우게이아스도 아들의 말이 틀리지 않다고 생각했다. 소의 10분의 1★이라면 어마어마한 재산이지만, 그것을 줄 일은 결코 없다고 생각했다. 헤라클레스가 외양간을 못 치우면 목숨을 담보로 그를 부려먹을 수 있고, 일정 부분 치워준다면 그것만으로도 손해 볼 일은 아니었다.

"하루 만에 치우면 소의 10분의 1을 주겠다. 언제부터 일할 것인가?"

"내일 하루 동안에 그 일을 해치우겠습니다."

그러자 아우게이아스가 시종들에게 명했다.

"여봐라, 헤라클레스에게 잠자리와 먹을 것을 마련해주거라."

그날 밤 헤라클레스는 왕궁에서 배불리 먹고 편히 잤다.

다음 날 아침 새벽에 헤라클레스는 벌떡 일어나 외양간으로 나갔다.

해가 중천에 떴을 때 아우게이아스는 과연 소똥을 얼마나 치웠는지 궁금했다.

"외양간으로 나가보자."

마차를 끌고 신하들을 대동하여 들판에 다다랐을 때 소똥 냄새가 진동했다. 하지만 헤라클레스의 모습은 보이지 않았다. 지금쯤 땀을 뻘뻘 흘리며 외양간에 있는 소똥을 퍼내고 있어야 할 것이 아닌가.

"이자가 어디로 간 것이냐? 약속을 해놓고 도망친 모양이다. 오늘 해가 떨어질 때까지 여기서 지켜보겠다. 반드시 맹세한 대가를 지불해야 할 것이야. 헤라클레스가 어디 갔는지 찾아보아라."

여기저기 흩어져서 찾던 시종들이 목동 하나를 데려왔다.

"외양간을 치우겠다던 헤라클레스는 어디로 갔단 말이냐?"

"왕이시여, 헤라클레스는 페네이오스 강가에 있습니다."

"강으로 갔다고? 거기서 뭘 하고 있단 말이냐?"

"저희가 따라가 보았는데, 아무래도 제정신이 아닌 것 같았습니다."

"대체 강에서 뭘 하고 있더냐?"

"돌과 흙을 밀어서 강물을 막고 있었습니다."

"저 넓은 강을 막는다고? 혼자서?"

"예, 저희가 말렸는데도……."

목동은 말을 잇지 못했다.

왕은 다급하게 재촉했다.

"어서 말해보거라."

"그, 그자는 사람이 아닙니다."

여기서 잠깐!!

일설에 따르면 소가 아니라 양 200마리라고도 해. 무엇이든 헤라클레스가 처음으로 보상을 요구했다는 점이 특이하지. 그 이유는 아마 아우게이아스 왕의 아들인 필레우스 왕자의 의리와 지혜를 돋보이게 하려는 장치라고 생각해. 영웅이 되려면 고난을 겪어야 하기에 고난을 만드는 장치와 흡사한 것이지.

"사람이 아니라니?"

"엄청난 바위를 강에 던져 넣으니 강물이 출렁거렸습니다. 힘이 거인보다 세고 거의 신에 버금갈 정도였습니다. 하지만 소용없습니다. 그 넓은 강을 어찌 다 메우겠습니까?"

"정말 미친 자로구나. 외양간을 치운다더니 웬 강물을 막고 있단 말이냐? 그만 궁으로 돌아가자. 여기 더 있을 필요가 없다."

그때 헤라클레스는 강물을 막기 위해 여념이 없었다. 마침내 오후가 되자 두 개의 강물을 막은 둑이 세워졌다. 강물은 거칠게 흐르다 헤라클레스가 메워놓은 바윗돌에 걸려 점점 수위가 높아지더니 둑 위로 넘쳐흘렀다. 강둑에 막힌 물은 역류해 농경지로 흘러내리더니 저지대에 있는 외양간으로 밀려들었다. 헤라클레스는 급할 것 없다는 듯 발목에 잠기는 물을 헤치고 외양간으로 갔다.

외양간에는 돌로 튼튼하게 쌓아놓은 벽이 있었다. 발목까지 오던 물이 곧 무릎까지 차올랐을 때 헤라클레스는 외양간의 문과 벽을 허물었다. 그리고 물이 빠질 반대편 벽도 무너뜨렸다. 소들은 모두 풀을 뜯으러 들판에 나가고 없었다. 외양간에는 온통 썩는 분뇨 냄새로 가득하고 온갖 벌레들이 날아다녔다.

외양간의 벽을 뚫어놓고 나서 헤라클레스는 높은 지대로 올라갔다. 인공으로 홍수를 일으키니 외양간 안으로 파도치듯 물길이 쏟아져 들어갔다. 맑은 강물은 외양간에 쌓인 소똥들을 휘젓고 반대편으로 빠져나갔다. 맑은 물이 소똥을 휩쓸어 바깥으로 쓸고 가는 것이었다. 알페이오스강과 페네이오스강이 외양간의 청소부가 된 셈이었다.

헤라클레스는 외양간의 지붕이 잠길 정도로 물이 차오르는 것을 지켜보았다.

"이제는 깨끗이 청소되었겠지."

거대한 강물이 산더미 같은 소똥을 흔적도 없이 쓸고 가버렸다. 한참 뒤에 맑은 물이 들어가서 맑은 물이 나오는 것을 보자 헤라클레스는 마침내 헤엄쳐 가서 인위적으로 막았던 둑을 트기 시작했다. 집채만 한 바윗돌을 들어내자 강물은 다시 원래대로 흘렀다. 해가 서쪽으로 기울 때쯤 물은 모두 빠지고 물에 잠겼던 들판에는 초록색 풀들이 모습을 드러냈다.

헤라클레스는 무너뜨렸던 외양간 벽을 다시 쌓아 복구해놓았다. 큰 돌을 깔아놓았던 바닥은 처음 외양간을 지었을 때처럼 깨끗해졌다. 소똥 냄새조차 나지 않았다.

저녁 무렵 헤라클레스는 마침내 아우게이아스 왕을 찾아갔다. 이미 목동들에게 외양간이 깔끔하게 치워졌다는 소식을 들은 왕은 고민에 빠졌다. 아무리 약속을 지켰다 한들 자기 소의 10분의 1을 주고 싶지 않았다.

헤라클레스가 득의양양하게 말했다.

"저는 약속을 지켰습니다."

그러자 아우게이아스가 벌떡 일어나더니 모두 들으라는 듯이 외쳤다.

"외양간은 너 혼자 치운 것이 아니지 않느냐."

"그러면 누가 치운 것입니까?"

"강물이 치운 것 아니냐. 알페이오스강과 페네이오스강의 신들이 너를 도와준 것이야. 소를 준다 해도 그들에게 줘야 맞지 않은가."

"그렇다면 우리의 계약은 어찌 된단 말입니까? 맹세까지 하지 않았습니까?"

헤라클레스가 항의하자 아우게이아스가 버럭 소리를 질렀다.

"나는 그따위 맹세를 한 적이 없다! 당장 이곳을 떠나라! 버러지 같은 소도둑 놈아!"

헤라클레스는 좋은 일을 해주었는데도 약속을 지키기는커녕 자신을 소도둑 취급한 왕의 파렴치한 태도에 어이가 없었다. 소를 주지 않겠다는 것은 차치하고 맹세한 적이 없다는 말에 더욱 분노가 치밀었다.

"이대로 넘어갈 수는 없습니다. 이 나라에도 법정이 있을 테니 당신을 고발하겠습니다. 당장 재판관들을 불러주십시오."

법 앞에는 만인이 평등하다. 재판관들은 헤라클레스의 이야기와 왕의 이야기를 차례로 들었다. 그러고 나서 증인인 필레우스를 부르기로 했다.

"이 계약의 증인이었던 필레우스의 이야기를 들어봐야 합니다."

왕은 아들이 자신을 배신할 리 없다고 생각했다.

"왕자를 당장 불러오너라."

필레우스는 헤라클레스와 아버지 사이에 서서 입을 열었다.

"증인으로서 거짓 없이 이야기하겠습니다."

재판장이 말했다.

"왕자님, 두 사람의 이야기 중에 어느 쪽이 진실입니까?"

"헤라클레스의 말이 맞습니다."

필레우스 왕자는 모든 사실을 보고 들은 대로 낱낱이 이야기했다. 그러자 아우게이아스 왕은 버럭 화를 냈다.

"이런 배은망덕한 놈을 보았나. 아비를 배신하다니. 이 재판은 무효다."

그는 억지를 쓰며 헤라클레스와 아들까지 추방해버렸다.★

"헤라클레스, 너는 영원히 우리 땅에 들어오지 못할 것이다."

헤라클레스는 일단 화를 가라앉히고 후일을 도모하기로 했다. 지금은 나머지 과업을 수행하는 것이 먼저이기 때문이다.

"나는 반드시 돌아와서 당신이 맹세를 깨트린 것에 대해 보상받을 것이오."

헤라클레스는 그렇게 말하고, 미케네로 발걸음을 옮겼다.

여기서 잠깐!!

아우게이아스는 헤라클레스가 죄를 씻어야 할 기간에 재물이나 탐한다는 억지를 부려서 약속한 보상도 주지 않고 나라 밖으로 쫓아버렸어. 그뿐만이 아니라 정의로운 행동을 한 필레우스 왕자조차 외부의 적을 이롭게 했다는 죄를 씌워 왕위 계승권과 재산을 빼앗고 귀양살이를 보냈지. 나중에 아우게이아스는 크게 후회하게 되지. 인과응보인 셈이야.

5

일곱 번째 과업

코프레우스는 헤라클레스의 소식을 듣고 왕에게 달려갔다.

"대왕이시여, 헤라클레스가 돌아오고 있다고 합니다."

"이번에도 과업을 이루었단 말이냐?"

"그렇습니다. 그는 아우게이아스 왕의 외양간을 하루 만에 그것도 한 번에 깨끗이 치웠다고 합니다."

코프레우스는 강물을 이용해 일손 하나 들이지 않고 해치웠다고 전했다. 에우리스테우스는 더욱 두려움에 떨었다. 헤라클레스가 몸만 크고 힘만 센 줄 알았더니 두뇌까지 뛰어났던 것이다. 한마디로 문무를 겸비한 인물이었다.

'아, 저자가 저렇게 위대한 사람이었다니.'

사람들이 모두 나와 헤라클레스를 환영해주었다. 어리석은 왕은 백성들이 헤라클레스를 추종하게 될까 봐 두려웠다.

이로써 열두 가지 과업 중 절반이 완성되었다. 모두 인간의 힘으로 해낼 수 없는 일을 헤라클레스는 해냈다. 에우리스테우스는 어떤 과업을 내려야 헤라클레스가 포기하거나 죽게 될지를 고민했다. 그의 협소한 두뇌로는 좋은 생각이 떠오르지 않았다. 이번에도 그를 도와준 것은 헤라였다. 헤라는 귓속말로 전해주었다.

"헤라클레스를 멀리 보내라."

"멀리요?"

"지금까지의 과업은 모두 나라 인근에서 벌어진 일이 아니더냐. 이제 미케네 부근에는 더 이상 맡길 과업이 없으니 아주 먼 곳으로 가서 과업을 수행하라고 명령을 내려라."

맞는 말이었다. 이 모든 과업은 펠로폰네소스반도에서 이루어진 성과였다. 이제부터는 먼 나라에서 과업을 수행하라고 하면 될 터였다. 넓은 세상만큼이나 과업은 더욱더 위험하고 어려울 것이다.

마침내 헤라클레스가 궁으로 돌아오자 왕은 코를 킁킁댔다. 혹시라도 소똥 냄새가 묻어나지 않을까 싶었다. 하지만 헤라클레스는 깔끔한 용모로 나타났다.

"왕이시여, 다음 명령을 내리십시오."

"좋다. 기다리고 있었다. 이번에는 크레타의 벌판을 휩쓸고 다니는 황소를 잡아오너라." ★

사자와 히드라를 상대한 헤라클레스에게 황소 한 마리쯤은 별거 아니었다.

"하지만 죽이지 말고 산 채로 끌고 와야 한다."

"황소를 그 먼 곳에서 미케네까지 끌고 오라는 것입니까?"

"그렇다. 산 채로 잡아서 바다를 건너 끌고 오너라."

헤라클레스는 바깥으로 나와 지혜로운 사람들에게 물었다.

"도대체 크레타의 황소라는 것이 무엇이오?"

노인들은 그 얘기를 듣자 깜짝 놀랐다.

이 황소의 내력에 대해 알려면 미노스 왕에 대해 알아야 한다. 과거에 미노스는 포세이돈 신에게 제물을 바치며 한 가지 약속을 했다.

"크레타의 바닷가에 산 채로 떠내려오는 동물은 무엇이든 바치겠습니다."

그러던 어느 날 크레타의 바닷가에 황금 뿔과 청동 발굽을 가진 눈부신 황소가 떠내려왔다. 포세이돈이 미노스의 충성심을 시험하려고 일부러 보낸 것이었다. 욕심이 난 미노스는 신과의 약속을 지키지 않고 이 황소를 자기 외양간에 집어넣었다. 포세이돈은 그럴 줄 알았다는 듯이 고개를 끄덕였다.

"미노스가 나를 얕보는구나. 황소를 차지하고도 무사할 줄 아는 모양이로군."

외양간에 있던 황소는 갑자기 포효하더니 무시무시한 괴물로 변했다. 덩치는 두세 배로 커져 사람이든 동물이든 닥치는 대로 공격했다. 외양간을 부수고 마을로 뛰쳐나간 황소는 제멋대로 짓밟고 물어뜯었다. 이 황소를 잡을 수 있는 사람은 아무도 없었다. 유명한 사냥꾼과 목동들이 곳곳에서 몰려왔지만 황소를 제압하기는커녕 보자마자 도망가기 바빴다.

헤라클레스는 배를 타고 바다를 건너 크레타섬으로 갔다. 크레타섬에 도착했을 때는 헤라클레스가 온다는 소문이 벌써 좍 퍼져 있었다. 미노스 왕은 반갑게 맞이했다.

"그대가 저 골칫덩이 황소를 없앨 수 있겠는가? 하지만……."

"하지만 무엇입니까? 저는 이미 여섯 가지 과업을 수행했습니다."

"황소가 순순히 말을 들을지 모르겠군. 성공한다면 맘대로 황소를 끌고 가도 좋지만 실패한다 해도 그대를 위해 제사를 지내거나 명복을 빌지는 않겠다. 그래도 괜찮은가? 내가 그대에게 와달라고 부탁한 것도 아니지 않은가."

황소를 제거하면 엄청난 이익을 보는 사람은 미노스 왕이다. 하지만 그는 헤라클레스가 자기에게 위협을 가하거나 민심을 흩어놓을까 봐 두려웠다. 헤라클레스는 왕들이 자기를 경계한다는 것을 알고 있었다. 그는 권력이나

여기서 잠깐!!

일곱 번째 과업부터 헤라클레스의 무대가 넓어져. 크레타, 트라키아, 서아프리카, 바다 건너 먼 땅 그리고 심지어 저승인 타르타로스까지 가지. 이것은 상상력이 넓어진 것이라고 볼 수도 있지만 그 당시 그리스가 그만큼 먼 곳까지 식민지를 확장했다는 뜻이기도 해. 나라가 평정되고 부근이 안정되니 바깥으로 더욱 세력을 넓힌 거야. 더 넓은 땅에서 영향력을 행사하고 싶은 인간의 본능은 끝이 없나 봐.

민심을 얻는 일에는 관심이 없었다. 그가 할 일은 오로지 황소를 잡아 끌고 미케네로 가는 것뿐이었다.

"알겠습니다. 곧 돌아오겠습니다."

헤라클레스는 성 밖으로 나갔다. 사람들은 황소를 어디서 봤는지 친절하게 일러주었다.

"저쪽으로 가시면 됩니다."

사람들은 구경하려고 헤라클레스를 따라갔다. 거대한 행렬이 몰려가는 것을 보고 미노스 왕은 두려움이 엄습했다.

이윽고 황소를 발견했다. 사람들이 몰려오자 황소는 흥분하며 흙을 자기 등에 끼얹었다.

"우우우!"

황소는 크게 한 번 포효하더니 뿔을 낮추고 바람 같은 속도로 달려왔다. 청동 발굽에서는 불꽃이 튀었고 황금 뿔은 햇빛에 반짝였다. 황소에 닿는 순간 나가떨어져 죽을 것이다. 사람들은 모두 멀리 숨어서 구경했다.

황소가 마침내 코앞까지 다가왔을 때 헤라클레스는 슬쩍 비켜섰다. 황소는 속도를 제어하지 못하고 비틀거리며 나가떨어졌지만 금세 벌떡 일어났다. 포세이돈의 괴물은 다시금 공격해왔다. 이번에는 속도를 줄여 신중하게 달려왔다.

헤라클레스는 기다렸다가 온몸의 힘을 주먹에 실어서 황소의 미간을 갈겼다. 돌덩이도 깨부수는 그 주먹으로 미간을 때리면 대부분의 황소들은 골이 깨져 죽는다. 그러나 황소의 머리는 마치 강철로 만든 바위 같았다. 머리가 깨지지는 않고 잠시 흔들렸을 뿐이다.

'오, 정말 대단한 황소로구나.'

헤라클레스는 기회를 놓치지 않고 황소의 뿔을 양손으로 잡고 힘껏 비틀었다. 목을 꺾으려 했지만 황소는 한껏 버티며 뜨거운 콧김을 뿜어냈다. 황소와 인간의 싸움은 더욱 팽팽하게 이어졌다. 황소는 뿔을 잡힌 채 머리를 좌우로 흔들었지만 헤라클레스는 꼼짝도 하지 않았다. 무슨 짓을 해도 빠져나갈 수 없자 황소는 분노의 거품을 입에서 뿜어냈다. 발굽으로 파낸 흙이 산더미처럼 쌓일 지경이었다.

얼마나 시간이 지났을까. 마침내 황소는 무릎을 꿇었다. 숨을 헉헉 대며 더 이상 힘을 쓰지 못했다. 순한 가축처럼 길들어버린 것이다. 헤라클레스도 거친 숨을 내쉬며 밧줄로 황소의 뿔과 목을 묶었다. 사람과 달리 황소는 한번 굴복하면 배신하는 법이 없다. 황소는 온순하게 헤라클레스를 따라갔다. 그 어떤 과업보다 쉽게 해냈다.

헤라클레스는 황소의 등에 올라타고 편안하게 여행을 떠났다. 바다를 건너 펠로폰네소스반도로 들어가 마침내 미케네에 도착했다. 그는 황소에게 굴레를 씌워 에우리스테우스 왕의 외양간에 묶어놓고 궁에 들어가 이 사실을 알렸다.

"황소를 잡아왔습니다. 외양간으로 가보시지요."

에우리스테우스는 깜짝 놀랐다. 사람을 죽이는 괴물이 자기의 외양간에 있다고 생각하니 온몸이 떨렸다.

"저 괴물을 당장 멀리 떨어진 산으로 끌고 가라! 내 눈앞에 다시는 나타나지 않게 해라!"

헤라클레스는 왕의 명령을 어길 수 없었다. 그는 황소를 풀어줬다. 황소는 코린토스지협을 건너가더니 마라톤으로 들어가 인근에 있는 마을들을 모두 휩쓸어버렸다. 그리하여 마라톤의 황소로 불리게 되었다. 황소는 이제 펠로폰네소스반도에서 공포스러운 존재가 되었다.

이제 여덟 번째 과업을 내려야 할 차례였다. 에우리스테우스는 헤라에게 좋은 생각을 얻어 헤라클레스에게 또 다른 과업을 내렸다.

"트라키아로 가서 디오메데스의 말을 데리고 오너라."

"소 다음에는 말입니까?"

"평범한 말이 아니니 가서 끌고 오도록 하라."

트라키아의 디오메데스 왕은 괴물에 가까운 말 두 마리를 외양간에 묶어놓고 있었다. 청동 턱뼈를 가진 말은 풀을 먹는 것이 아니라 사람고기를 먹는 맹수였다.* 그도 그럴 것이 디오메데스는 야만적인 비스토네스족의 우두머리였다. 그의 아버지가 바로 전쟁의 신 아레스이기 때문이다.

디오메데스는 항상 전쟁을 사랑했다. 그는 다른 나라와 조금만 갈등이 생겨도 큰 전쟁으로 키워서 쳐들어갔다. 수많은 주변 국가들이 디오메데스라면 이를 갈 지경이었다. 그는 가끔은 이 말들을 전장에 데리고 나가 풀어놓았다. 말들은 사람들을 잡아먹었고, 포로들은 당연히 말의 먹이가 되었다. 디오메데스는 자기 마음에 들지 않는 자들과 지나가는 나그네들을 모두 말의 먹이로 줘버렸다.

헤라클레스도 이제는 혼자가 아니었다. 그는 동료들 몇 명을 데리고 갔다. 그 가운데는 그를 추종하는 압데로스도 있었다.

배를 타고 떠난 이들은 마침내 트라키아의 바다에 도착했다.

"디오메데스 왕을 찾아갈 필요 없다. 마구 간에 가서 말을 끌고 나오면 될 것이 아닌가."

속전속결이었다. 헤라클레스는 동료들에게 배에서 기다리라고 이른 다음 마구간으로 달려갔다. 사람을 잡아먹는 말 정도는 헤라클레스에게 아무것도 아니었다. 그는 잠자고 있는 말 두 마리의 고삐를 잡아 비틀어서 양손에 끼우고 바닷가로 돌아왔다. 말들을 배에 묶으며 헤라클레스가 말했다.

"디오메데스 왕이 쫓아올지 모르니 잘 감시하라."

아니나 다를까 디오메데스는 뒤늦게 말들이 없어진 것을 알고 군사들을 이끌고 쫓아왔다. 그러자 헤라클레스는 말들을 압데로스에게 맡겼다.

"너희는 이 말들을 잘 지키고 있어라."

뒤돌아서 보니 빠른 속도로 달려오고 있는 그들은 비스토네스족 군대였다. 디오메데스가

여기서 잠깐!!

무서운 말에 대한 인간의 존경심은 동서고금을 막론하고 다 똑같아. 《삼국지》에도 명마들이 많이 나오는데 그 가운데 최고는 적토마야. 말은 초식동물인데 적토마는 물속에서 고기를 잡아먹고 잠수를 하는 등 신화적인 상상을 덧붙였어. 여기서 디오메데스의 말도 거칠고 힘이 세니까 이런 상상이 더해진 거야.

맨 앞에서 그들을 이끌고 있었다. 그들은 창을 들고 외쳤다.

"도둑놈 헤라클레스는 거기 서라!"

헤라클레스의 일행은 몇 명 되지 않았다. 하지만 상대는 제대로 훈련된 군사들이었다. 싸움에서 항상 지형지물을 이용하는 헤라클레스는 우선 주변을 살펴보았다.

'아, 이곳의 지대가 낮구나.'

그곳은 모래언덕이 수천 년간 쌓여서 방파제처럼 바닷물을 막아주고 있는 저지대였다. 오늘날의 네덜란드와 같은 땅이었다.

헤라클레스는 동료들에게 말했다.

"저들이 오기 전에 이 평원을 물에 잠기게 하자."

"어떻게 말씀입니까?"

"저 둑을 무너뜨리자."

헤라클레스는 모래언덕을 파헤치기 시작했다. 일행들과 힘을 합쳐서 미친 듯이 파헤치니 드디어 작은 물길이 났다. 그 물길로 작은 물살이 들어오기 시작하자 금세 거센 파도가 넘실대더니 이내 모래 둑이 무너졌다. 평원은 순식간에 바닷물이 가득 찼다. 평야가 호수로 변하는 것은 순식간이었다. 말을 타고 달려오던 비스토네스족 병사들은 그대로 바닷물에 휩쓸렸다.

"살려줘!"

무거운 갑옷을 입은 자들은 금세 가라앉았다. 살아 있는 자들은 모두 도망치기 바빴다. 디오메데스와 부하들은 재빨리 높은 지대로 올라갔다. 하지만 헤라클레스가 길목에서 그들을 기다리고 있었다.

"나를 쫓아오지 않았더라면 좋았을 터인데, 이제 너희는 나의 적일 뿐이다."

헤라클레스는 디오메데스에게 곤봉을 휘둘렀다. 풍차처럼 휘두르는 곤봉에 맞고 말에서 떨어졌지만 디오메데스는 곧바로 죽지 않았다. 헤라클레스는 디오메데스가 백성들에게 고통을 주는 폭군이라는 것을 이미 알고 있었다. 그는 부상당한 채 비틀거리는 왕을 끌고 갔다.

"너를 쉽게 죽일 수는 없지."

헤라클레스는 자신이 사로잡은 말 두 마리에게 디오메데스를 던져 주었다. 말들은 주인을 알아보지 못하고 그대로 잡아먹었다. 자업자득이 바로 이런 것이다.

"자, 이제 돌아가자."

그런데 압데로스가 보이지 않았다. 그때 동료들이 안타까운 목소리로 말했다.

"압데로스가 죽고 말았습니다."

"뭐라고?"

"말을 혼자 붙잡고 있다가 그만 말들에게 잡아먹혔습니다."

압데로스는 사력을 다해서 말 두 마리의 고삐를 잡고 있다가 말들에게 물어뜯기고 말았다. 헤라클레스는 가슴을 치며 울부짖었다.

"내 잘못이다. 압데로스에게 목숨을 걸어야 하는 임무를 맡겼으니."

헤라클레스는 어떻게 해서든 압데로스의 죽음을 기리고 싶었다.

"이대로 그냥 갈 수는 없다. 압데로스의 장례식을 치르고 여기서 운동 경기를 열도록 하자."

물이 빠지자 헤라클레스는 다시 모래언덕을 쌓아 둑을 세웠다. 그리고 자신을 응원하기 위해 몰려온 인근 도시 사람들에게 말했다.

"오늘 그대들에게 평화를 선물했소. 디오메데스는 죽었소. 하지만 그를 죽이는 데 가장 큰 공을 세운 내 친구 압데로스가 죽었소. 그를 기리는 운동 경기를 이곳에서 열 테니 모두 참여하시오."

그리하여 며칠 동안 운동 경기가 열렸다. 모든 젊은이들은 자신의 기량을 겨루었다. 물론 모여든 사람들은 헤라클레스를 기억하며 그곳에 정착하기 시작했다. 그렇게 해서 생긴 도시가 바로 압데라다.

마침내 헤라클레스 일행은 식인마를 끌고 미케네로 돌아왔다. 에우리스테우스는 식인마를 자신의 땅에 들이고 싶지 않았다.

"앗, 식인마를 멀리 데리고 가서 풀어주어라. 내 궁전 근처에는 얼씬도 하지 못하게 해라."

헤라클레스는 크레타의 황소처럼 아무 데나 풀어주었다가는 사람들을 해칠 테니 식인마를 이끌고 올림포스산 부근까지 갔다. 그곳에 풀어놓자 말들은 길길이 뛰며 숲속으로 달려갔다. 헤라클레스가 이곳에 말들을 풀어놓은 데는 이유가 있었다. 올림포스산 기슭에는 신들의 도움을 받는 맹수들이 많이 있었다. 더 사나운 맹수들이 말들을 잡아먹으면 될 일이었다.

헤라클레스가 여덟 번째 과업까지 완수하고 돌아오자 가장 화가 난 것은 왕이 아니라 헤라였다. 아무리 불가능한 과업도 해내고야 마는 헤라클레스는 그야말로 눈엣가시였다.

'어떡하면 저놈을 죽인단 말인가?'

헤라는 생각 끝에 아마조네스*를 떠올렸다. 그리고 히폴리테의 허리띠도 기억해냈다. 뿐만 아니라 자기를 모시는 사원의 여사제인 에우리스테우스 왕의 딸 아드메테도 떠올랐다.

'옳거니. 이번에는 아드메테에게 귀띔을 해주어야겠다.'

아드메테가 잠자는 동안 헤라는 아마조네스 여왕의 허리띠를 갖고 싶다는 열망을 심어주었다. 아드메테는 헤라의 사원에 가서 제를 올릴 때 헤라의 목소리를 들었다.

"아드메테, 너에게 필요한 물건을 알려주겠다. 그것은 마법의 허리띠다."

"여신님, 마법의 허리띠를 제가 어찌 구합니까?"

"그것은 아마조네스의 여왕 히폴리테가 가지고 있다. 전쟁의 신 아레스가 준 마법의 허리띠를 가진 자는 권위와 힘을 얻게 된다."

"그런 마법의 허리띠라면 정말 가지고 싶습니다."

"아버지에게 가서 헤라클레스에게 명령을 내리라고 말하거라."

여기서 잠깐!!

아마조네스는 '가슴이 없는 여자들'이라는 뜻이지. 여자들이 활을 쏠 때 가슴이 걸리적거리니까 어릴 때 오른쪽 가슴을 잘라낸다는 설도 있고 꽁꽁 싸맨다는 설도 있어. 여자들만 사는 나라에 대한 상상은 동서고금을 막론하고 있었어. 《서유기》에도 여인국이 나오지. 여자들만 사는 나라에 삼장법사 일행이 도착해 흥미진진한 일들이 벌어지지. 물론 완전 허구만은 아니야. 실제로 동여국(東女國)이라는 나라가 티베트 역사에 나온대. 6~7세기경에 문명이 발달한 고대국가였다는 거야. 아마도 모계사회의 흔적이 이야기 속에 자리 잡고 있는 것 같아.

아드메테는 에우리스테우스에게 달려가서 말했다.

"아버지, 아마조네스의 여왕 히폴리테의 허리띠를 갖고 싶어요."

에우리스테우스는 그 말을 듣자 헤라클레스에게 내릴 아홉 번째 과업이 떠올랐다. 곧바로 코프레우스를 불렀다.

"히폴리테의 허리띠를 가져오라고 명령을 전해라."

히폴리테의 허리띠를 가져온다는 것은 암사자의 아가리에 들어 있는 고기를 빼내는 것과 같았다. 코프레우스는 달려가 아홉 번째 과업을 전해주었다.

헤라클레스는 에우리스테우스가 어떻게든 자신을 죽이려고 한다는 것을 알면서도 자신의 운명을 순순히 받아들였다.

그사이 헤라클레스의 추종자들이 수천 명으로 늘어났다. 이번에는 혼자 힘으로 해내기 힘든 과업이었다. 그들은 헤라클레스와 함께 죽을 각오까지 되어 있었다. 그 가운데는 가장 촉망받는 영웅 테세우스도 있었다. 조카인 이올라오스도 당연히 함께했다. 살라미스의 텔라몬 왕, 아킬레우스의 아버지 펠레우스도 있었다. 한마디로 헤라클레스의 집단은 영웅 사관학교였다. 그들은 헤라클레스를 스승으로 여기며 영웅의 기질을 본받았다.

그들은 배를 타고 바다로 나갔다.

6

아마조네스를 치다

마침내 헤라클레스 일행은 흑해 남쪽 해안의 테르모돈강 어귀에 도착했다. 강을 따라 올라가면 아마조네스의 나라 테미스키라가 있다. 어떠한 군대나 민족도 아마조네스에게 대항할 수 없었다. 그들은 영토를 넓혀 남쪽으로는 시리아, 서쪽으로는 트라키아와 에게해의 수많은 섬들을 차지했다. 심지어 리비아까지 손에 넣었다. 수도 격인 테미스키라는 아마조네스의 세 자매인 히폴리테, 멜라니페, 안티오페 가운데 우두머리인 히폴리테가 다스리고 있었다.

아마조네스 여인들은 모두 강가에 나와서 헤라클레스의 배를 구경하고 있었다. 모두 다 여인들인 것을 보며 헤라클레스는 고개를 저었다.

'애초부터 나는 이런 과업 따위는 하고 싶지 않았다. 아마조네스 여왕의 허리띠를 가져오라니. 사소한 물건 하나를 가져가려고 전쟁을 벌여야 한단 말인가?'

하지만 헤라클레스는 약간의 희망을 가졌다.

'그래, 내가 현란한 언변으로 아르테미스 여신도 설득했으니 히폴리테에게도 허리띠를 부탁해봐야겠다. 쓸데없는 희생을 불러일으킬 필요는 없지 않은가.'

배가 닻을 내리자 헤라클레스는 용감하게 육지로 뛰어내렸다. 지축이 울리는 소리와 함께 우람한 헤라클레스가 대지에 두 발을 딛은 순간 그의 앞에 여인 하나가 나타났다. 옷차림이나 화려한 장신구, 그리고 빛나는 갑옷을 보니 히폴리테*가 확실했다. 그녀는 영웅에게 예를 표하려고 말에서 내렸다.

그녀에게 가까이 다가가 예를 갖추는 순간 헤라클레스는 깜짝 놀랐다. 그녀의 온몸은 근육으로 감싸여 있었고, 피부는 구릿빛이었다. 남자도 그런 근육을 갖기는 힘들 정도였다. 멀리서 봤을 때는 몰랐지만 다른 여인들도 강한 근육질의 전사들이었다.

할 말을 잃고 서 있는 헤라클레스에게 히폴리테가 먼저 말을 꺼냈다.

"헤라클레스, 당신의 이름은 익히 알고 있소. 여기에 오신 것을 환영하오. 그런데 우리와 싸우러 왔소, 아니면 평화를 유지하러 왔소? 당신이 평화를 원한다면 환영하겠지만 싸우러 왔다면 언제든지 맞설 준비가 되어 있소."

헤라클레스가 바라던 것이었다.

"존경하는 여왕 폐하, 저는 싸우러 온 것이 아닙니다. 그리고 제가 원해서 온 것도 아님을 먼저 밝힙니다. 저는 과업을 수행할 운명을 짊어지고 있습니다. 미케네의 에우리스테우스 왕이 내리는 명령을 받들어야 합니다. 비겁하기 짝이 없는 왕은 저에게 굴욕적인 과업을 계속 내리고 있습니다."

"그렇군. 그럼 이 땅에 과업을 수행하러 온 것이오?"

"그렇습니다."

"그 과업이라는 것이 무엇인가?"

"황송하게도 여왕께서 차고 있는 그 허리띠를 가져오는 것입니다."

"뭐라고?"

히폴리테는 깜짝 놀랐다. 잠시 침묵이 감돌았다.

히폴리테는 고개를 끄덕이며 말했다.

"에우리스테우스가 당신을 죽이려고 보냈군. 그렇지 않소?"

"그렇습니다. 그는 저를 죽이려고 온갖 험한 과업을 내렸지만 보다시피 아직까지 살아 있습니다."

여기서 잠깐!!

아마조네스의 여왕이야. 원래 아레스의 딸로서 어머니는 오트레레야. 이야기를 전해주는 시인들이 히폴리테에게 매력을 느낀 것 같아. 테세우스와 싸우려고 원정을 갔다고도 하고, 테세우스의 아들 히폴리토스의 어머니라고도 해. 정설은 헤라클레스가 죽인 걸로 알려져 있어. 아마조네스의 이야기는 지금까지도 〈원더우먼〉 같은 영화에서 다룰 정도로 매력적인 소재야.

"내가 허리띠를 내주지 않고 싸우면 당신을 죽일 거라고 예상한 모양이군. 하지만⋯⋯."

'하지만'이라는 말에 헤라클레스는 긴장했다. 그다음에 결론이 나올 것이기 때문이다.

"이 허리띠를 당신에게 내주겠소. 허리띠를 갖고 있는 것보다 당신 같은 영웅과 친구가 되는 것이 더 큰 영광이니까."

히폴리테는 선선히 허리띠를 풀어 손에 들었다. 그것을 건네주기만 하면 과업은 끝나는 것이다.

하지만 신들은 인간이 그리 쉽게 문제를 해결하도록 내버려두지 않는 법이다.

이를 지켜보고 있던 헤라가 눈을 부릅떴다.

'그렇게 쉽게는 어림없지.'

순식간에 아마조네스로 변신한 헤라는 군중 속으로 침투해 사람들의 심리를 자극하기 시작했다.

"안 됩니다! 야만인 헤라클레스에게 우리의 숙명과 같은 허리띠를 내주다니요! 저런 무례한 자는 죽여야 합니다. 죽여라! 죽여라! 헤라클레스를 죽여라!"

단순한 군중들은 갑자기 그 말에 동조했다.

"허리띠를 내주면 여왕도 내주고 나라도 내주게 된다!"

"날강도 같은 헤라클레스에게 허리띠를 내주어서는 안 된다."

여기저기서 아우성이 터지고 칼과 창을 허공에 휘두르는 소리가 난무했다. 평화롭던 분위기는 갑자기 인민재판의 분위기로 바뀌었다. 아마조네스는 모두 화살을 뽑아 헤라클레스 일행을 겨눴다. 일촉즉발의 순간이었다.

그 순간 공을 세우고 싶어 하던 히폴리테의 부하 아엘라가 헤라클레스를 향해 화살을 쏘았다. 바람같이 날아간 화살이 헤라클레스의 가슴에 정통으로 꽂혔다. 아니, 꽂혔어야 했다. 하지만 헤라클레스는 사자 가죽을 걸치고 있었다. 화살은 아무런 상처도 주지 않고 이쑤시개처럼 튕겨져 나갔다.

"아니, 이럴 수가!"

이것은 곧 전쟁을 의미했다. 헤라클레스의 온화하던 눈빛이 순식간에 돌변했다. 무시무시한 눈빛에 놀란 아엘라는 주춤거리며 뒷걸음질을 쳤지만 이미 때는 늦었다. 자신을 죽이려던 자를 살려둔다는 것은 영웅의 세계, 전쟁에서는 있을 수 없는 일이었다. 아엘라는 자신이 난생처음 적 앞에서 도망치고 있다는 것을 깨달았다. 그 순간 바람같이 날아간 헤라클레스의 화살이 그녀의 몸을 꿰뚫었다. 그 자리에서 숨이 끊어지자 이번에는 플로토가 덤벼들어 헤라클레스의 병사 몇몇을 순식간에 죽였다.

"하하하! 내가 이자들을 죽였다!"

기뻐하는 순간 그녀의 목은 허공에 날아갔다. 헤라클레스가 곧바로 그녀의 목을 쳤던 것이다. 다른 아마조네스가 독 묻은 창을 날리고 화살을 쏘아댔다.

하지만 헤라클레스는 화살과 독에 아랑곳하지 않고 곤봉을 휘둘러 닥치는 대로 쓰러뜨렸다. 또 다른 영웅 테세우스, 알카이오스, 스테넬로스 등이 아마조네스 사이에 뛰어들어 그들을 만신창이로 만들었다. 돌발적인 사태로 아마조네스도 저항했지만 전투는 순식간에 끝났다. 헤라클레스는 멜라니페를 포로로 잡았고, 테세우스는 안티오페를 꽁꽁 묶어서 끌고 왔다. 마지막까지 싸우던 아마조네스는 더 이상의 희생을 막기 위해 항복하고 평화를 요구했다.

사태가 진정되자 히폴리테가 앞으로 나왔다. 아름답고 당당하던 여왕의 모습은 온데간데없었다. 그녀는 한껏 기가 죽어 있었다.

헤라클레스가 히폴리테에게 말했다.

"그대가 약속한 대로 허리띠를 내준다면 포로들을 풀어주겠소. 멜라니페는 나의 포로이니 내가 놓아줄 수 있지만 안티오페는 테세우스의 것이니 그의 결정에 따르겠소."

그러자 테세우스가 고개를 들고 말했다.

"헤라클레스, 이 여인은 내가 붙잡은 것이오. 내 포로는 풀어주지 않을 것이오."

테세우스는 안티오페를 데려갈 생각이었다.

"헤라클레스, 당신의 뜻에 따르겠다."

히폴리테는 제안을 받아들였다. 그것은 포로를 잡은 자의 마음이었다. 이윽고 헤라클레스는 허리띠를 취했다.★ 헤라클레스는 멜라니페를 풀어주었고, 안티오페는 아테네의 영웅인 테세우스의 여인이 되어 배에 올랐다.

테세우스가 말했다.

"헤라클레스, 왜 멜라니페를 데려가지 않는 것이오? 멜라니페는 아름다운 여인인 데다 강력한 전사가 아니오? 저런 여인을 아내로 맞이하는 것은 다시없는 기회요. 여신 같은 저런 용사를 놔주다니?"

"테세우스, 자네 말도 맞네. 하지만 나는 끔찍한 죄를 지은 자가 아니던가. 나의 아들 셋을 죽였지. 아들을 죽인 죄를 용서받는 것이 급선무라네. 지금 그 과업을 뒤로하고 여인을 취한다는 것은 옳지 않은 일이야."

젊은 테세우스는 고개를 끄덕였다.

그들은 배를 타고 미케네로 돌아가는 길에 트로이아에 들렀다. 트로이아는 예로부터 부와 사람들이 몰려드는 곳이었다. 트로이아의 왕은 라오메돈이었다.

그런데 트로이아의 바닷가에 도착하자 놀라운 광경이 눈에 띄었다. 아름다운 여인이 바위에 밧줄로 꽁꽁 묶여 있었다. 파도가 발치에 부서지는 것이 금세 밀물이 들어 빠져 죽을 것만 같았다. 아폴론과 포세이돈의 도움으로 만든 성벽은 여전히 견고했다.

원래 라오메돈은 사랑받는 신의 아들이었다. 하지만 신들은 라오메돈이야말로 잔혹하고 욕심 많은 인간이라는 것을 알지 못했다.

여기서 잠깐!!

일설에 의하면 히폴리테가 헤라클레스에게 순순히 허리띠를 건넨 것은 단순한 존경 이상의 감정이었다고 해. 당시 그리스 영웅들은 종종 서로의 능력을 존경하고, 그 존경이 사랑으로 이어지거나 후손을 남기기 위한 의도로 발전하는 경우가 있었어. 히폴리테 역시 헤라클레스의 강인함에 매력을 느꼈을 수도 있어. 그와의 사이에서 아마조네스의 후계자를 얻어 강력한 혈통을 남기려는 욕구를 품는 건 지극히 당연한 거니까. 다른 이야기에서 신이나 영웅과 사랑을 맺어 강력한 자손을 남기고자 하는 의도는 많이 드러나.

신들은 그런 자를 도와주는 일이 도무지 즐겁지 않았다. 그래서 아폴론과 포세이돈은 라오메돈의 실체를 밝혀보고자 했다.

"라오메돈이 제우스 신의 사랑을 받고 있지만 사실은 돼먹지 못한 인간이 아니오. 그렇다면 우리가 시험을 해봅시다."

"그거 좋은 생각이군."

두 신은 인간의 모습을 하고 왕을 찾아갔다.

"우리는 누구보다 튼튼한 성벽을 쌓을 수 있는 기술자입니다. 그 누구도 무너뜨릴 수 없는 성벽을 쌓아드릴 테니 기회를 주십시오."

"좋다. 그대들이 만고의 요새를 만드는 것을 허락하노라. 그 보상으로 무엇을 원하느냐?"

"암소 100마리만 주시면 됩니다."

"그거면 되겠느냐? 내 기꺼이 암소 100마리를 내주겠다."

마침내 견고한 성벽이 완성되었다. 신들은 다시 인간으로 변하여 라오메돈을 찾아갔다. 약속한 대로 소 100마리를 달라고 하자 라오메돈은 길길이 뛰며 소리를 질렀다.

"이놈들, 썩 꺼지지 못하겠느냐? 누구에게 감히 소를 내놓으라는 것이냐?"

두 신은 황급히 자리를 피했다. 역시 라오메돈은 인성이 나쁜 인간이라는 것이 드러났다. 화가 난 신들은 도시에 전염병을 퍼뜨리고, 앞바다에는 괴물을 하나 풀어놓았다. 무엇이든 닥치는 대로 공격하고 죽이는 무서운 괴물이었다.

바닷가를 괴물이 지키고 있으니 아무도 트로이아에 들어오지 못했다. 그토록 번성하고 물자가 넘치던 트로이아는 서서히 황폐해져 갔다. 시민들은 어떻게 재앙을 피해야 할지 알 수 없었다. 절망에 빠진 그들은 신전으로 가서 제를 올리고 신탁을 청했다.

"어떻게 하면 재앙을 멈출 수 있습니까?"

사제가 신탁을 들려주었다.

"라오메돈의 딸 헤시오네를 제물로 바쳐라."

놀라운 신탁이었다. 헤시오네는 라오메돈이 가장 사랑하는 딸이었다.

신탁을 들은 라오메돈은 분노하며 말했다.

"내 딸을 제물로 바쳐야 할 이유가 없다. 다른 소녀를 바치면 되지 않으냐."

하지만 다른 소녀들은 괴물에게 잡아먹히기만 할 뿐 아무런 효력이 없었다. 트로이아에는 더 큰 기근과 전염병이 돌았다. 왕은 다른 소녀들을 계속 제물로 바쳤다. 모든 귀족들은 자신들의 딸을 어딘가에 숨겼다. 라오메돈이 겨우 찾아낸 소녀는 호이노다마스라는 가난뱅이의 세 딸들이었다.

병사들이 세 딸들을 끌고 가려 하자 호이노다마스는 칼과 창으로 무장하고 딸들을 지켰다. 아무리 왕의 명령이라도 자기 딸을 마음대로 데려갈 수는 없었다. 더구나 왕은 이미 인심을 잃은 상태였다.

마침내 왕은 트로이아의 모든 시민들에게 고했다.

"알겠다. 공평한 조처를 취하겠다. 모든 소녀들이 제비뽑기를 해서 뽑힌 소녀를 제물로 바치겠다."

공평한 것은 아니었으나 시민들도 그에 응했다. 하지만 신은 또다시 운명의 장난을 쳤다. 제비뽑기를 한 결과 헤시오네가 뽑힌 것이다.

"아, 신들이 결국 나를 잔인하게 짓밟는구나."

그렇게 해서 헤시오네는 제물이 되어 바닷가의 바위에 묶이게 되었다.

이 사연을 들은 헤라클레스는 성안으로 들어가 라오메돈을 만나서 한 가지 제안을 했다.

"이 나라에 무슨 일이 있었는지 들었습니다. 제가 바다괴물을 죽여 줄 테니 한 가지 약속을 해주시겠습니까?"

헤라클레스는 왕이 어떤 인간인지 시험해보고 싶었다.

"내 딸만 살려준다면 무슨 일이든 원하는 대로 해주겠다."

"여기 오는 길에 보니 당신의 전차에 묶여 있는 말 두 마리가 아주 훌륭하더군요. 내가 괴물을 죽이고 당신 딸을 구해준다면 그 말들을 나에게 주십시오."

트로이아인들은 예로부터 말을 숭상하는 민족이었다. 훌륭하게 다듬고 가꾼 말을 자랑으로 여겼다. 심지어 말을 자기의 분신으로 여기는 사람도 있었다.

라오메돈은 절망에 빠졌다. 아끼는 말들을 사랑하는 딸과 바꿔야 한다니 말이다. 하지만 딸은 말보다 훨씬 소중한 존재가 아니던가.

"좋다. 괴물을 죽이고 내 딸을 구해주면 내 말들을 주겠다."

왕은 어차피 괴물을 죽이지 못할 거라고 생각했다. 이윽고 바다괴물이 나타나서 헤시오네를 잡아먹으려 할 때였다. 헤시오네는 비명을 질렀다.

"살려주세요! 살려주세요!"

그 순간 바윗돌 뒤에 숨어 있던 헤라클레스가 나타나 칼을 휘둘러 바다괴물의 목을 쳐버렸다.

헤라클레스는 헤시오네를 구해 라오메돈 앞에 섰다. 하지만 라오메돈은 마음을 바꾸고 시치미를 뚝 뗐다.

"자네에게 내 말들을 준다고 한 적이 없다."

한 입으로 두 말을 하자 헤라클레스가 말했다.

"알겠습니다. 당신은 듣던 대로 말을 바꾸는 간사한 인간이군요. 나중에 돌아오겠소. 그때 봅시다."

헤라클레스는 나중에 트로이아를 점령해야겠다고 생각하며 배를 타고 떠났다.

영웅들은 모두 화를 내며 항의했다.

"왜 저자를 당장 죽이지 않고 그냥 떠나는 것이오?"

"트로이아를 쑥대밭으로 만듭시다."

그들은 이구동성으로 말했다.

"아니오. 언젠가 이 성벽은 무너지게 되어 있소. 내가 아니어도 무너질 성벽을 미리 무너뜨릴 필요는 없지."

"하지만 이대로 돌아간다면 사람들이 우리를 얼마나 조롱하겠소?"

모든 영웅들이 길길이 날뛰고 있을 때, 단 한 명 살라미스의 텔라몬 왕은 슬픈 표정을 짓고 있었다. 그는 눈물지을 듯한 얼굴로 멀어지는 트로이아 성벽을 바라보았다. 그는 헤시오네에게 첫눈에 반한 것이었다. 헤라클레스가 다시 돌아오겠다고 했을 때 텔라몬은 기뻐했다.

"헤라클레스, 이놈들을 응징하러 다시 올 때 내가 꼭 앞장서겠소."

"알겠소."

헤라클레스는 이미 모든 것을 짐작하고 있었다.

미케네로 돌아가는 길에 그는 자잘한 전쟁을 치르면서 영역을 넓혀 나갔다. 타소스섬에서는 트라키아의 야만족들을 해치웠다. 그리고 파로스섬에서 데려온 알카이오스와 그 아우인 스테넬로스에게 이 섬을 주었다.★

"나를 따라와 고생이 많았소. 이 섬은 그대들이 다스리도록 하시오."

이후로 두 사람은 헤라클레스를 위해 충성을 다했다.

마침내 헤라클레스는 미케네 항구에 도착했다. 동행했던 영웅들은 모두 흩어졌고, 헤라클레스는 히폴리테의 허리띠를 들고 에우리스테우스에게 갔다. 헤라클레스가 나타나자 궁전의 문지기들은 알아서 비켜 주었다. 그들에게는 이미 익숙했던 것이다.

궁 안으로 들어간 헤라클레스를 먼저 본 것은 마침 그 앞을 지나가던 아드메테 공주였다. 공주는 그의 손에 휘황찬란한 허리띠가 들려 있는 것을 보자 기뻐서 날뛰었다.

"어머, 내가 원하던 그 허리띠예요."

그 소리를 듣고 고개를 돌린 에우리스테우스는 깜짝 놀랐다. 거기에는 바닷바람에 그을릴 대로 그을려 시커먼 근육에 감싸인 헤라클레스가 천장에 닿을 듯한 위세로 서 있었다.

"아니, 너는……."

죽어서 영영 돌아오지 못할 줄 알았던 헤라클레스가 과업을 달성하고 돌아온 것이었다. 에우리스테우스는 본능적으로 뒷걸음질을 쳐서 도망갔다. 헤라클레스가 자신을 해코지할까 봐 두려웠다. 그러고는 시종들에게 소리쳤다.

"저자를 얼른 내보내라, 얼른!"

헤라클레스는 이미 짐작하고 있었다는 듯이 들고 있던 허리띠를 아드메테에게 넘기고 뒤돌아서 뚜벅뚜벅 걸어 나갔다.

침전에 숨어서 오들오들 떨던 에우리스테우스는 이번에는 어떤 과업을 줘야 할지 고민하며 헤라 여신에게 청했다.

여기서 잠깐!!

스테넬로스는 안드로게오스의 아들이고 미노스의 손자야. 알카이오스와는 형제간이지. 헤라클레스가 아마조네스 여왕의 허리띠를 구하러 떠났을 때 파로스섬에 들렀어. 그때 사건이 벌어지고 말아. 미노스의 아들들에게 동지 둘이 죽임을 당한 거야. 그래서 헤라클레스는 인원 보충을 위해 스테넬로스와 알카이오스를 인질로 잡아갔던 거야.

7

개척자 헤라클레스

헤라클레스는 혼자 배를 타고 긴 항해를 떠났다. 그의 과업은 갈수록 어려워졌다. 에우리스테우스가 이번에는 길고 긴 여행을 혼자 다녀오라는 조건을 내걸었다. 어떻게든 헤라클레스를 위험에 빠뜨리려는 악의적인 의도였다.

그는 배를 타고 서쪽으로 가서 이탈리아를 지나 지중해로 나아갔다. 그는 연안에 도착할 때마다 수많은 강도, 괴물, 맹수들을 물리치고 그곳에 평화를 가져다주었다. 헤라클레스가 가는 곳은 언제나 새로운 평화가 찾아왔고 살기 좋은 곳으로 바뀌었다.★ 헤라클레스는 드디어 서쪽바다 끝에 이르렀다.

서쪽 나라의 사람들이 말했다.

"영웅이시여, 바다는 여기가 끝입니다. 더이상 가시면 안 됩니다."

"아니다. 내가 가야 할 곳은 저 바다 건너다."

"저 너머는 망망대해입니다. 그 어떤 사람도 이 길을 뚫고 바다 너머로 나간 적이 없습니다."

"에잇, 내가 이 바윗돌을 모조리 다른 곳으로 옮기고 양쪽 바다를 연결하면 될 것이 아닌가?"

"사람이 어떻게 그처럼 어마어마한 일을할 수 있단 말입니까?"

"못할 것이 무엇이냐? 어디 두고 보거라."

헤라클레스는 배를 세워놓고 가장 큰 바다와 자신이 항해해온 지중해 사이를 뚫어버리기로 작정했다. 그는 괴력을 발휘해 바윗돌을 집어던지고 흙을 파헤쳤다. 바닷물은 그의뒤를 따라 점점 흘러들었다. 돌을 끄집어내던헤라클레스는 거대하고 긴 바위 하나를 발견했다.

"에잇, 이건 집어 던지기가 귀찮다. 그냥 이자리에 세워버리자."

여기서 잠깐!!

헤라클레스는 이방인의 세계에 파고들어 자신의 존재를 알리고 그리스화하도록 힘쓴 영웅이야. 광기에 휩싸여 스스로 자식들을 죽였듯이 남들도 힘으로 먼저 제압한 뒤에 그리스의 가치를 전파하는 것이지. 폭력으로 제압했지만 나중에는 좋은 결과를 가져다준다는 식의 결론이야. 한마디로 그리스 중심의 사고방식이야.

그는 거대한 바위 한쪽을 들어 똑바로 세웠다. 우뚝 선 바위는 마치 관문 같았다. 큰 바위를 세우자 마침내 바닷물이 양쪽에서 흘러들어 순식간에 합쳐지더니 물길이 열렸다. 이것이 바로 지브롤터해협*이다. 오늘날의 대서양과 지중해를 연결하는 중요한 통로인 지브롤터해협은 헤라클레스가 뚫었다는 전설이 있다. 이때 세운 거대한 돌덩이를 훗날 헤라클레스의 기둥*이라고 불렀다.

하루 종일 노역을 하느라 헤라클레스는 땀이 비 오듯 흘렀고, 뜨거운 태양 아래 온몸이 화상을 입은 것 같았다. 하지만 이것이 과업의 완수가 아니라 시작일 뿐이라는 생각을 하니 문득 화가 치밀었다.

"에잇, 저놈의 태양, 내가 쏘아서 떨어뜨리고 말겠다."

헤라클레스는 하늘에 떠 있는 태양을 향해 활을 당겼다. 해 질 무렵 태양의 신 헬리오스는 시뻘건 태양 마차를 내리고 황금 배로 올라타서 반대편 땅속으로 들어가려던 참이었다. 화살의 위협을 느낀 헬리오스는 다급하게 명령을 내렸다.

"헤라클레스, 활을 내려라."

"당신은 누구요?"

"나는 태양의 신 헬리오스다. 오늘 너로 인해 두 바다가 연결되는 것을 보았다."

그 말을 듣자 헤라클레스는 약간의 자부심이 생겼다.

"나 아니면 이런 일을 할 사람이 없지 않습니까?"

"헤라클레스, 너의 목적지가 어디냐? 원한다면 그곳에 갈 수 있도록 도와주겠다."

헤라클레스는 무릎을 꿇고 헬리오스에게 도움을 청했다.

"신이시여, 저는 서쪽 끝 에리테이아섬으로 가야 합니다. 제가 원해서 가는 것이 절대 아니라는 것을 말씀드립니다."

"저 넓은 대서양을 건너가야 하는 일을 누가 시켰단 말이냐?"

"에우리스테우스 왕이 게리오네우스의 소 떼를 몰고 오라고 명령했습니다. 보잘것없는 인간이지만 그의 명령을 따르는 것이 저의 운명입니다."

"오, 그렇구나."

이번 과업도 헤라의 생각이었다. 에우리스테우스는 대서양을 건너 이 세상의 땅끝에 있는 에리테이아섬으로 가라고 명령했다. 그곳에 가는 것만으로도 힘든데, 거기에 사는 거인 게리오네우스가 기르는 소 떼를 끌고 미케네로 돌아오라는 것이었다.

이것은 과업의 절정판이라고 해도 과언이 아니었다. 게리오네우스는 보통 괴물이 아니었다. 허리 위로 몸통이 세 개나 달린 그 괴물은 투구를 세 개나 쓰고 팔도 여섯 개나 달려

여기서 잠깐!!

스페인 남쪽 끝과 아프리카 북서쪽 끝 사이에 있는 길고 좁은 바다야. 길이가 58킬로미터인데 폭은 가장 좁은 지점이 13킬로미터야. 예로부터 전략적으로나 경제적으로 중요한 곳이었고 항해하는 모든 배들의 중요한 항로 역할을 했어. 이 해협이 있기 때문에 지중해가 큰 바다와 연결되어 갇힌 소금 바다가 되지 않을 수 있었어.

● ● ●

지브롤터해협에는 남쪽 아프리카와 북쪽 스페인 쪽에 크고 높은 바위가 있어. 이것을 헤라클레스의 기둥이라고 불렀어. 북쪽 것은 분명하게 역사적 증거가 있는데 아프리카 쪽은 증거가 부족해서 의견이 분분하다고 해. 그래서 다른 지역의 바위를 헤라클레스의 기둥이라고도 해. 어쨌든 거대한 바위에 헤라클레스라는 이름을 붙여서 의미를 부여하고 있다는 점이 중요하지.

서 세 개의 방패로 몸을 보호했다. 뿐만 아니라 그가 기르는 소도 다시 없는 맹수였다. 하지만 우아하고 고상한 모습을 가지고 있어서 가만히 보기만 하면 괴물이라는 것을 잊고 그 아름다움에 빠져들 지경이었다.

이 소를 지키는 것은 에우리티온이고, 그에게는 오르트로스라는 사나운 파수견이 있었다. 이 개의 형제가 바로 타르타로스의 문을 지키는 케르베로스였다. 오르트로스도 괴물인지라 머리가 두 개 달렸고 송곳니가 촘촘히 박혀 있었다. 게다가 꼬리 끝에는 용의 머리까지 달려 있었다.

게리오네우스는 어마어마한 목소리를 가지고 있었다. 그가 한 번 소리를 지르면 만 명의 전사가 한꺼번에 소리를 지르는 것 같았다. 가끔 벼락이 치면 게리오네우스는 하늘을 향해 맞받아 소리를 내질렀다. 제우스의 벼락이 내리치는 소리와 맞먹을 만큼 큰 소리였다. 게다가 오만하기 짝이 없는 게리오네우스는 온 세상을 향해 외쳤다.

"내 소를 가져갈 자들은 나와 씨름을 해야 한다. 씨름에서 이기는 자에게는 소를 내주겠다. 누구든 덤벼라."

용감한 전사들이나 장사꾼들이 소를 얻으려고 그에게 도전했지만 모두 실패하고 죽음을 맞이했다.

헤라클레스의 이야기를 들은 헬리오스가 물었다.

"저 조그마한 쪽배를 타고 저 큰 바다를 건너겠다는 것이냐?"

"안 된다는 것을 알고 있습니다. 당신의 황금 배★를 저에게 주십시오."

그의 배포에 헬리오스는 크게 고개를 끄덕였다.

"나의 황금 배를 내주겠다. 너는 정말 신에 가까운 인간이로구나."

황금 배에 올라타자 헤라클레스는 마침내 목적을 이룰 수 있겠다는 생각이 들었다. 배를 막 저어 나아가려 할 때 헬리오스는 주의 사항을 알려주었다.

"배를 오래 빌려줄 수는 없다."

"언제까지 이 배를 사용할 수 있습니까?"

"오늘 밤 동안만이다. 나는 이 배를 타고 정해진 시간에 동쪽에 도착해서 다시 태양 마차로 바꿔 타고 낮 동안 하늘을 가로지르는 여행을 해야 한다."

"알겠습니다. 해 뜨는 시간까지 돌아오겠습니다."

헤라클레스는 돛을 올리고 노를 저었다. 강력한 힘으로 노를 젓는 데다 바람의 신이 도와주어 황금 배는 순식간에 에리테이아섬으로 나아갔다.

헤라클레스가 배를 묶어놓고 상륙하자 맨 먼저 찾아온 것은 오르트로스였다. 사방을 경계하는 개답게 머리가 둘 달린 이 괴물은 헤라클레스를 죽일 듯이 덤벼들었다. 그러나 헤라클레스는 가볍게 몸을 피하며 주변의 지형지물을 살폈다.

여기서 잠깐!!

헬리오스는 하루 종일 하늘을 가로질러 서쪽으로 갔다가 밤사이 다시 동쪽으로 가야 했대. 그때 타는 배를 황금사발배라고 했어. 고대인들이 생각한 지구의 자전을 신화적으로 풀어낸 것이지. 작은 배라고 하지만 헤라클레스가 소 떼를 전부 이 배에 실어도 끄떡없었다고 해.

근처에 별다른 은신처가 없다는 것을 알고 헤라클레스는 오르트로스를 제거하기로 결심했다. 기다렸다는 듯이 개가 아가리 두 개를 동시에 벌리고 덤벼들더니 헤라클레스의 다리와 몸통을 물었다. 하지만 개의 이빨은 그 자리에서 부러져 나갔다. 헤라클레스가 사자 가죽을 입고 있었기 때문이다. 헤라클레스는 곤봉을 눈에 보이지 않을 정도로 휘둘러 두 개의 머리통을 갈겼다. 곤봉을 맞은 개는 그 자리에서 죽었다.

하지만 그것이 끝은 아니었다. 개가 짖고 덤비는 소리를 듣고 주인인 에우리티온이 나타났다. 헤라클레스는 그 목동을 보고 깜짝 놀랐다. 자신의 몸보다 두세 배는 더 큰 거인이었던 것이다.

"네놈이 나의 개를 죽였단 말이냐? 가만두지 않겠다."

에우리티온이 커다란 바위를 들어 던지려고 할 때였다. 헤라클레스는 번개같이 화살을 뽑아 재빨리 거인의 가슴을 향해 쏘았다. 화살이 날아가 거인의 벌어진 흉배근에 꽂혔다.

"크아아!"

거인은 쓰러지면서 자신이 들어 올린 돌에 그대로 깔려 형체도 없이 뭉개졌다.

마침내 거인 목동 뒤로 평화롭게 풀을 뜯는 소 떼가 보였다.

"워워워!"

헤라클레스는 곤봉을 휘두르며 소들을 몰아서 배에 태웠다. 소들이 배에 순조롭게 올라타고 있었지만 결코 영웅의 위업은 쉽게 이루어지지 않았다. 소식을 듣고 게리오네우스가 달려왔다. 게리오네우스는 듣던 대로 몸통이 세 개였다. 각각 손에는 칼, 창, 몽둥이, 방패 등의 무기를 들고 있었다. 그와 싸우는 것은 세 명의 거인과 싸우는 격이었다. 그는 천둥 치는 소리를 내며 달려들었다.

"네 이놈!"

그 소리만 들어도 보통 사람들은 오금이 저리고 기절할 정도였다. 하지만 헤라클레스는 침착하게 대응했다.

'급할수록 돌아가라고 했다.'

헤라클레스는 괴물이 다가오는 것을 바라보며 천천히 화살을 꺼내 쏘았다. 날아간 화살은 세 개의 몸통 중 하나의 가슴에 맞았다. 그 순간 괴물은 히드라의 독이 온몸에 퍼져 그대로 쓰러졌다. 그러자 다른 몸통이 창을 날렸다. 그러나 이미 죽은 몸뚱이 하나가 걸리적거려 창은 힘없이 빗나갔다. 헤라클레스는 단번에 거인의 머리통을 내려치고 반동을 이용해 옆에 있는 머리통까지 쳐버렸다. 모든 것이 끝났다. 숨이 끊어진 괴물은 요란한 소리와 함께 땅바닥에 쓰러졌다.

"아테나 신이시여, 감사합니다."

헤라클레스는 자신을 지켜주는 아테나 여신에게 감사의 인사를 하고 나서 소들을 배에 싣고 황급히 왔던 길을 되돌아 대서양을 건너 동쪽으로 갔다. 새벽이 되었을 무렵 헤라클레스는 자신이 뚫은 지브롤터 해협으로 돌아왔다. 그는 소들을 육지에 내리고 헬리오스에게 배를 돌려주었다.

하지만 이것이 끝은 아니었다. 소 떼를 끌고 다시 미케네까지 돌아가는 일이 남았다. 헤라클레스는 느긋하게 소 떼를 몰며 행진했다. 하지만 아름다운 소 떼를 험한 육로로 끌고 간다는 것은 그야말로 위험한 일이었다. 사방에서 도둑들이 몰려와 소 떼를 훔쳐 가려고 했다. 산적 둘을 제거하고 길을 가는데 그 패거리들이 형제들의 복수를 위해 달려왔다. 산적들의 형제인 리그리아의 왕 리기스는 원수를 갚겠다고 군대까지 끌고 왔다.

"남의 소를 빼앗으려고 하는 자들이 겁도 없구나."

"내 동생을 죽인 놈을 가만둘 수 없다."

군대가 돌격해 오자 헤라클레스는 활을 쏘기 시작했다. 그러나 어느새 화살이 다 떨어지고 말았다. 그렇다면 주변에 있는 돌이나 나무를 뽑아 던져야 하는데 온통 부드러운 잔디밭뿐이었다. 그사이 적군들이 달려들어 헤라클레스를 마구 칼로 찌르고 창을 휘둘렀다. 헤라클레스는 온몸에 상처를 입었다. 비록 무적의 인간이긴 했으나 이렇게 당하다가는 목숨을 잃을 수도 있었다. 헤라클레스는 제우스에게 기도했다.

'아버지, 도와주십시오. 당신의 도움이 필요합니다. 물리쳐야 할 인간들이 너무 많습니다.'

그때 하늘에 있던 제우스가 위기에 빠진 아들의 기도를 듣고 즉시 조처를 취했다. 회오리바람을 보내 산악지대에 있는 돌들을 하늘로 끌어올려서 적들을 향해 퍼부었다. 하늘에서 돌이 우박처럼 쏟아지자 병사들은 머리와 온몸에 돌을 맞고 쓰러졌다. 헤라클레스는 땅에 떨어진 돌멩이들을 한 움큼씩 주워 낱낱이 던져서 병사들을 쓰러뜨렸다. 적군들을 물리치고 나자 들판에는 온통 돌멩이가 잔뜩 쌓여 있었다.

헤라클레스는 다시 동쪽으로 이동했다. 먼 훗날 아이네이아스가 정착할 로마가 설립될 황무지*를 지나가고 있을 때였다. 카쿠스라는 거인이 헤라클레스가 잠든 틈을 타서 가장 훌륭한 황소와 암소 여덟 마리를 훔쳐 가버렸다. 게다가 이 괴물은 헤라클레스가 쫓아올 것을 대비해 소를 동굴 속에 숨겨놓기까지 했다. 그러나 헤라클레스는 흉측한 거인 카쿠스의 동굴까지 쫓아가 지붕 역할을 하는 거대한 돌을 무너뜨리고 뛰어내려 카쿠스를 단번에 때려죽였다.

도둑맞은 소들을 이끌고 헤라클레스는 또다시 미케네로 향했다. 그런데 소 한 마리가 바다로 뛰어들더니 시켈리아로 헤엄쳐 가버렸다.

"앗, 저 소를 잡아와야 하는데……."

도망친 소 한 마리를 잡으려다 나머지 소들을 놓칠까 봐 걱정하고 있을 때 헤파이스토스가 그의 앞에 나타났다.

"헤라클레스, 빨리 가서 도망간 소를 끌고 오너라. 나머지 소들은 내가 지켜주마."

헤라클레스는 신에게 소 떼를 맡기고 바다로 뛰어들었다. 서둘러 헤엄쳐서 시켈리아로 갔으나 소를 찾을 수 없었다.

시켈리아의 에릭스 왕이 그를 맞이하며 물

여기서 잠깐!!

《그리스 로마 신화》의 마무리는 아이네이아스의 이야기야. 트로이아 전쟁에서 헥토르 다음으로 용맹한 장수였던 아이네이아스가 트로이아의 패망 이후 자기 민족을 데리고 이곳저곳 떠돌다 마지막으로 정착한 곳이 이탈리아반도야. 아이네이아스는 로마의 시조인 셈인데 헤라클레스보다 한참 후대의 인물이지.

었다.

"영웅인 그대가 무슨 일로 우리 섬까지 헤엄쳐 온 것인가?"

"제가 끌고 가던 소 한 마리가 이곳으로 헤엄쳐 왔습니다. 저의 소를 내주십시오."

"일단 내 땅에 들어온 물건들은 모두 내 것이다. 그냥 내줄 수는 없고, 나와 씨름을 해서 이기면 내주겠다."

에릭스는 그 소가 영물인 것을 알고 돌려주지 않으려 했다. 그리고 자신이 당연히 소를 차지할 줄 알았다.

"좋습니다."

두 사람은 씨름을 벌였다. 하지만 헤라클레스의 힘을 당할 수는 없었다. 씨름 한 판에 나가떨어지자 에릭스는 떼를 썼다.

"삼판 양승으로 하자."

그러나 결국 세 번을 내리 지고 말았다.

에릭스는 굴복하지 않고 또다시 억지를 부렸다.

"오판 삼승으로 하자."

마침내 세 번째 씨름에서 헤라클레스는 끼고 있던 가죽 장갑으로 에릭스의 목을 졸라 숨통을 끊어버렸다.

헤라클레스는 소를 되찾아 다시 길을 나섰다. 수많은 위험을 겪으며 그리스에 도착했고, 이제 미케네까지 얼마 남지 않았다. 바야흐로 과업이 완수되는 순간이었다. 그러나 헤라클레스를 계속 지켜보던 헤라는 가만히 있지 않았다.

"헤라클레스를 순순히 보낼 수는 없다. 소의 피를 빨아먹을 정도로 아주 날카로운 침을 가진 등에를 한 마리 보내라."

등에는 소에 기생하는 벌레였다. 등에가 나타나자 소들은 본능적으로 이리저리 거칠게 날뛰었다.

"워워!"

아무리 헤라클레스가 진정시키려고 해도 소들은 마구 흩어지더니 트라키아의 산을 넘고 헬레스폰토스해협을 건너갔다. 헤라클레스가 쫓아갔으나 소 떼는 이미 스트리몬강을 건너가 버렸다. 그 강은 너무나 깊고 넓었다.

"이까짓 강이 나를 막을 수는 없다."

화가 치민 헤라클레스는 옆에 있는 산을 무너뜨려 강을 메우고 건너갔다. 그리하여 헤라클레스는 소 떼를 다시 이끌고 미케네로 돌아갔다. 그 뒤로 스트리몬강은 수심이 낮아져 배가 다닐 수 없게 되었다.

마침내 기나긴 고난 끝에 헤라클레스는 소 떼를 이끌고 미케네에 도착했다. 백성들은 만세를 부르며 그를 맞이했다.

"영웅 만세!"

"헤라클레스 만세!"

시민들은 아름다운 소 떼를 보고 한껏 들떠 있었다.

헤라클레스는 소 떼를 이끌고 궁으로 들어갔다.

"이 소들을 보십시오."

에우리스테우스는 아름다운 소들을 보고 기뻐해야 했지만 도무지 그럴 수가 없었다. 헤라클레스가 과업을 완수한 것도 못마땅했지만, 백성들에게 어마어마한 지지를 받고 있다는 것에 더 화가 났다. 게다가 그가 들르는 곳마다 평화가 정착되어 수많은 나라에서 미케네에 조공을 바치는 것이 더 못마땅했다.

"이 소들은 필요 없다. 헤라 여신에게 제물로 바쳐라."

그리하여 소들은 모두 헤라의 신전에 제물로 바쳐졌다. 소들은 죽어서 연기가 되어 하늘로 올라갔다.

에우리스테우스의 머릿속은 어떻게 하면 헤라클레스를 제거할까 하는 고민으로 가득했다. 헤라 역시 제물로 바쳐진 소들을 보고 기쁘기는커녕 화가 났다.

"내가 원한 것은 소가 아니라 헤라클레스의 죽음이다."

헤라는 에우리스테우스에게 또다시 속삭였다.

"이번에는 정말 어려운 과업을 내려야겠다. 그래, 황금 사과 세 개를 따 오라고 하는 것이다."

황금 사과나무는 대지의 여신 가이아가 헤라와 제우스의 결혼 선물로 준 것이었다. 이 나무에는 놀라운 이야기가 있었다. 인간은 절대 황금 사과를 딸 수 없는 데다 나무가 있는 곳도 철저히 비밀에 부쳐졌다. 게다가 라돈이라는 무서운 용이 그 사과나무를 지키고 있었다. 헤라 여신의 용은 헤라클레스도 죽일 수 없었다.

"황금 사과 세 개를 손에 넣으려다 죽을 것이야."

에우리스테우스는 그제야 입가에 미소가 감돌았다. 죽일 수 없는 괴물이 지키고 있는 사과나무에서 황금 사과 세 개를 따 온다는 것은 불가능했다.

다음 날 이 과업이 전해졌다. 헤라클레스도 그것이 어떤 사과인지를 알고 있었지만 과업을 포기할 수는 없었다. 하지만 그 사과가 어디에 있는지 알지 못했다.

"가만히 있는 것보다 뭐라도 해야 사과나무를 찾을 게 아닌가."

헤라클레스는 어디로 가야 할지도 모른 채 정처 없이 떠돌았다. 하지만 운명의 신이 자신을 이끌어줄 것이라고 믿었다. 테살리아로 들어간 그는 이탈리아 북부를 지나 결국 포 강변에 이르렀다. 그는 사람들을 만날 때마다 물어보았다.

"황금 사과나무가 어디 있는지 아시오?"

이번에는 강둑에서 잠자고 있는 요정들에게 다가갔다.

"이보시오. 한 가지 물어볼 게 있소. 일어나 보시오."

단잠을 깬 요정들은 투덜거리며 말했다.

"무슨 일이기에 우리를 깨우는 것입니까?"

"나는 황금 사과나무를 찾고 있는데, 어디에 있는지 알면 좀 가르쳐 주시오."

요정들은 사과나무가 어디 있는지 알고 있었지만 말해줄 수는 없었다. 그것은 여신들과 요정들 사이에서 최고의 비밀이었다.

"우리가 말해줄 수는 없고, 그것을 알고 있는 사람을 알려줄게요."

"그게 누구요?"

"늙은 바다의 신 네레우스입니다. 그는 뛰어난 예언자이기도 하지요."

"좋소. 네레우스를 어디 가면 만날 수 있소?"

"강을 따라 바다까지 내려가면 동굴이 나올 거예요. 네레우스는 그 동굴에 살고 있으니 찾아가서 물어보세요. 다만 네레우스를 이기는 자만이 정보를 얻을 수 있어요. 하지만 그 누구도 네레우스를 이기지 못해요."

"나는 이 세상의 괴물이라는 괴물들은 모두 무찔렀소. 네레우스쯤은 문제가 아니오."

헤라클레스는 요정들을 뒤로하고 길을 떠났다. 요정들은 자기들끼리 수군댔다.

"네레우스가 변신의 귀재라는 것을 말해주려고 했는데……."

"그냥 내버려둬. 직접 겪어보면 알겠지."

네레우스는 이 세상의 어떠한 사물로도 변할 수 있는 신이었다. 이 사실을 알지 못하는 헤라클레스는 마침내 강과 바다가 만나는 어귀의 동굴을 찾아갔다. 늙은 네레우스는 곤히 잠을 자고 있었다. 헤라클레스는 그가 빠져나가지 못하도록 바위 밑으로 밧줄 하나를 살살 집어넣어 그를 묶고 꼼짝 못 하게 힘껏 조였다.

"웬놈이냐?"

잠이 깬 네레우스가 벌떡 일어나려 했지만 이미 온몸이 묶여 있었다.

"도대체 어떤 놈이 감히 겁도 없이 이런 짓을 하는 것이냐?"

"저는 헤라클레스입니다. 물어볼 것이 있어서 찾아왔습니다."

"무엇이 궁금해서 이렇게까지 한단 말이냐?"

"헤라 여신이 제우스 신과 결혼할 때 선물로 받은 황금 사과나무가 있는 곳을 알려주십시오."

"그런 것은 인간이 알 바가 아니다."

"그렇다면 이 밧줄도 풀어줄 수 없습니다."

그러자 네레우스는 변신을 시도했다. 뱀으로도 변하고 사자로도 변하고 물과 공기로도 변했다. 새가 되기도 했지만 이미 신의 경지에 이른 헤라클레스가 묶은 밧줄을 풀 수 없었다. 무엇으로 변해도 밧줄을 빠져나갈 수 없다는 것을 깨닫고 네레우스는 마침내 포기했다.

"그래, 네가 원하는 것을 말해보거라."

"황금 사과나무가 있는 곳을 말해주십시오."

"그것은 말해줄 수 없다고 하지 않았느냐."

"그렇다면 이 바위로 동굴을 막아버리겠습니다."

헤라클레스는 집채만 한 바위를 뽑아서 동굴 입구에 내려놓았다. 바위를 내려놓는 소리가 지축을 울리자 네레우스는 두려웠다. 동굴이 막혀버리면 따뜻한 햇살 아래서 더 이상 낮잠을 잘 수 없기 때문이다.

"알았다, 알았어. 말해주면 될 것 아니냐. 그 사과나무는 헤스페리데스의 정원에 심어져 있다."

"그 정원은 어디에 있습니까?"

"세상의 끝에 있지."

"세상의 끝이 어디입니까?"

"프로메테우스의 형제인 아틀라스가 세상의 끝에서 하늘을 어깨로 떠받치고 있다. 그가 하늘을 내려놓으면 땅과 맞붙어서 이 세상은 사라져버린다."

"알겠습니다. 이제 그곳으로 가야겠습니다."

"도대체 너는 그곳에 왜 가려는 것이냐?"

"황금 사과 세 개를 따기 위해서입니다."

"하하하! 그것은 불가능하다. 거기에는 머리가 백 개나 달린 라돈이 지키고 있거든. 그 용은 나처럼 묶을 수 없다. 백 개의 눈이 번갈아 잠을 자기 때문이다. 한마디로 쉰 개의 눈은 항상 뜨고 있는 셈이지. 헤스페리데스의 정원에는 누구도 들어갈 수 없다. 게다가 라돈은 죽지 않는 불사신이다."

황금 사과의 정체를 알면 알수록 얼마나 무모한 과업인지 드러났다. 하지만 헤라클레스는 세상의 끝을 향해 발걸음을 재촉했다.

헤라클레스가 한참을 가고 있을 때 누군가 고통스러운 목소리로 외치는 소리가 들렸다.

"살려주세요. 도와주세요. 헤라클레스, 구해주세요."

헤라클레스는 소리 나는 곳으로 달려가 높은 지대에서 아래를 내려다보았다. 수많은 여자들이 도움을 요청하고 있었다. 그들은 바로 은빛 머리카락을 가진 오케아니스들이었다. 그녀들은 대양의 신 오케아노스의 딸들이었다.

"무슨 일인지는 모르겠으나 내가 도와주겠소."

그가 그녀들을 향해 달려가려고 할 때 시커먼 그림자가 하늘을 뒤덮듯이 지나갔다. 고개를 들어보니 거대한 독수리 한 마리였다. 독수리가 날아간 곳에는 거인 프로메테우스가 바위에 사슬로 묶여 있었다.

"아, 저분이 바로 프로메테우스로구나."

그는 불을 인간에게 전해줬다는 이유로 지금까지 고통을 겪고 있었다. 오케아니스들이 프로메테우스의 곁에서 안타까워하고 있었다. 독수리는 잔인한 부리로 프로메테우스의 간을 꺼내 잘근잘근 씹어 먹는 것이 아닌가.

"네 이놈!"

헤라클레스는 히드라의 독이 묻은 화살을 쏘아 독수리의 몸통을 관통시켰다. 인간에게 불을 가져다준 고마운 은인에게 고통을 주고 있는 독수리를 죽여버린 것이다. 그것이야말로 인간이 신에게 보답한 가장 큰 행동이었다.

"잠시만 기다리십시오."

헤라클레스는 헤파이스토스가 만든 쇠사슬을 끊고 프로메테우스를 내려주었다. 프로메테우스는 헤라클레스의 도움으로 자유의 몸이 되었다.

"영웅이여, 나는 과업을 달성한 대가로 엄청난 고통을 겪었소. 이제야 해방되었지만 희망을 잃어버린 적이 없다오. 그대는 어디로 가고 있는 것이오?"

헤라클레스는 프로메테우스에게 자신의 이야기를 들려주었다. 그러자 예언가이기도 한 프로메테우스가 말했다.

"그대가 나를 살려주었으니 나도 그대에게 지혜를 주겠소. 다만 당신의 힘이 어느 정도인지 모르겠지만 하늘을 떠받칠 수 있겠소?"

"할 수 있습니다. 나의 과업을 위한 것이라면 무엇이든 하겠습니다."

"그 하늘은 아틀라스만이 짊어질 수 있는 어마어마한 무게요. 그대의 용기가 이렇게 가상하니 내가 한 가지 방법을 알려주겠소."

프로메테우스는 다른 신이나 요정이 듣지 못하도록 헤라클레스의 귀에 대고 속삭였다. 헤라클레스는 그의 이야기를 듣자 모든 고민과 고

뇌가 사라지는 것 같았다.

"고맙습니다. 나는 반드시 과업을 완수하겠습니다."

헤라클레스는 세상의 끝까지 가는 것도 두렵지 않았다. 어떻게 해야 할지 알고 있었기 때문이다. 그는 끊임없이 많은 고난과 적들을 물리치며 서쪽으로 계속 걸어갔다.

한번은 안타이오스라는 거인과 싸운 일도 있었다. 이 거인도 바다의 신 포세이돈과 대지의 여신 가이아의 아들이었다. 엄청난 힘을 가진 안타이오스는 모든 행인과 씨름을 벌여서 자신이 이기면 상대를 죽여버렸다. 그래서 사람들은 그가 사는 곳을 피해 갔다. 그는 대지의 여신의 아들이었기에 땅에 몸이 조금이라도 닿아 있는 한 누구도 그를 이길 수 없었다. 대지의 여신이 불어넣어 주는 힘이 다리를 통해 온몸으로 퍼져 나갔다. 게다가 그 힘은 계속 보충되었기에 지치는 법도 없었다. 헤라클레스에게 도전장을 내민 안타이오스가 말했다.

"오늘 너는 최후의 날을 맞이할 것이다."

"힘이라면 나도 밀리지 않으니 어디 한번 붙어보자."

헤라클레스는 안타이오스를 붙잡아 그대로 땅바닥에 메다꽂았다. 땅바닥에 나가떨어지면 힘이 빠지게 마련인데 놀랍게도 안타이오스는 더 강한 힘으로 덤벼들었다. 내동댕이칠 때마다 더 강해지니, 천하의 헤라클레스도 도저히 이길 방법이 없었다.

"이 거인은 도대체 어디서 힘이 나오는 거지?"

다시 한번 거인을 땅바닥에 내동댕이치자 더 강력한 힘으로 벌떡 일어났다. 그 순간 헤라클레스는 깨달았다.

'저자는 자신의 어머니인 대지로부터 힘을 얻는구나.'

무모하게 덤벼드는 안타이오스를 헤라클레스는 머리 위로 번쩍 들어 올렸다. 안타이오스는 발버둥치며 어떻게든 팔이나 발을 땅에 대려고 했다. 하지만 헤라클레스는 내려주지 않고 그대로 허리를 조였다. 안타이오스는 대지로부터 힘을 받지 못하자 점점 기운이 빠졌다.

"나를 내려놓아라! 내려놓으란 말이다."

그를 땅에 내려놓으면 어떤 일이 벌어질지 헤라클레스는 알고 있었다. 마침내 뿌드득 소리가 나더니 허리가 부러진 거인은 숨을 거두었다.★

마침내 헤라클레스는 오랜 여정 끝에 세상의 끝에 도착했다. 이 세상이 생긴 이후로 지금까지 거인 아틀라스는 땀을 흘리며 하늘을 짊어지고 있었다. 그의 친구는 저녁별의 신 헤스페로스의 딸들인 헤스페리데스뿐이었다. 그 헤스페리데스의 정원에 헤라의 황금 사과나무가 있었다.

저 멀리에서부터 헤라클레스를 보고 아틀라스는 깜짝 놀랐다. 이 먼 곳까지 찾아온 인

여기서 잠깐!!

진실에 바탕을 두고 토론하거나 논쟁하는 사람들을 안타이오스에 비유하곤 해. 확실한 기초가 필요하다는 것을 상징하지. 일설에 의하면 하루 종일 싸워도 승부가 나지 않자 안타이오스가 다음 날 싸우자고 했대. 쉬는 동안 과거에 안타이오스에게 져서 죽은 씨름꾼의 아들이 헤라클레스를 찾아와 승부의 비결을 알려주었대. 그가 가이아의 아들이기 때문에 대지에 발을 붙이지 못하면 힘을 쓸 수 없다고 말이야. 그런데 가만히 생각해보면 오늘날의 씨름도 배지기로 상대를 들어버리면 대부분 중심을 잃고 넘어지지. 씨름은 땅에 발을 딛고 있어야 중심을 잡고 힘을 쓸 수 있다는 것을 보여줘.

간은 아무도 없었기 때문이다.

헤라클레스가 당당히 다가오자 그가 물었다.

"너는 누구인가? 이곳까지 어떻게 나를 찾아왔는가?"

"그대의 명성을 듣고 왔소. 아틀라스, 얼마나 수고가 많으시오."

자신의 노고를 처음으로 위로받자 아틀라스도 마음이 열렸다.

"이곳에는 무슨 일로 온 것인가? 이토록 멀리 여행한 인간은 일찍이 없었다."

헤라클레스는 자초지종을 설명했다.

"황금 사과 세 개를 따러 왔소."

"그 황금 사과를 어디에 쓰려는 것인가?"

"에우리스테우스 왕에게 가져다줘야 하오."

"하하하!"

아틀라스는 웃음을 터뜨렸다.

"사과나무를 누가 지키고 있는지 알고 있는가?"

"알고 있소."

"그런데도 황금 사과를 따러 왔다고?"

"당신이 나를 좀 도와주시오. 당신은 그 정원에 자유롭게 들어갈 수 있으니, 황금 사과 세 개를 따 오는 것쯤은 숨 한 번 쉬는 것보다 쉽지 않소?"

"그렇기는 하지. 나도 자네와 같은 영웅을 도와주고 싶어. 하지만 보다시피 이 무거운 하늘을 지고 있어야 하네. 어떤 신도 이 하늘의 무게를 견디지 못하니, 나는 이곳을 떠날 수가 없어."

"외람되지만 내가 도와주겠소."

"뭐라고?"

"이 하늘을 내가 떠받치고 있을 테니 당신이 가서 황금 사과 세 개를 따다 주시오. 그사이에 당신은 휴식을 취할 수 있지 않겠소?"

휴식이라는 말에 아틀라스는 가슴이 뛰었다. 그토록 갈망하던 휴식이었다.

"정말 그럴 수 있겠나? 이 하늘을 떠받칠 수 있단 말인가?"

"한번 해보겠소."

헤라클레스는 아틀라스의 등 뒤에 서더니 그가 떠받들고 있는 하늘을 자신의 어깨와 머리와 팔로 받쳤다. 하늘의 무게가 점점 가벼워지자 아틀라스는 허리를 숙이고 빠져나왔다. 그가 어깨에 대고 있던 두툼한 솜은 납작하게 짓눌려 있었다. 헤라클레스의 근육은 잔뜩 긴장했고 눈은 튀어나올 것 같았으며 다리의 힘줄이 불끈불끈하고 온몸이 철 기둥처럼 땅속으로 파고드는 것 같았다. 아틀라스는 오랜만에 자유를 맛보았다. 온몸이 새의 깃털처럼 가벼운 것이 날아갈 것만 같았다.

아틀라스는 말했다.

"고맙네, 나를 쉬게 해주어서. 내가 얼른 가서 황금 사과를 따 오겠네."

잠시 뒤 아틀라스는 세 개의 황금 사과를 들고 왔다. 하지만 사과가 반짝이는 순간 그는 갑자기 제정신이 들었다.

'이 사과를 주면 나는 다시 하늘을 떠받쳐야 하지 않는가?'

그는 헤라클레스처럼 이 땅을 자유롭게 돌아다니며 살고 싶었다.

"이보게, 헤라클레스. 자네 대신 내가 이 사과를 에우리스테우스에게 가져다주겠네. 그러면 자네의 과업이 완성되는 것 아니겠나?"

아틀라스는 이곳을 떠나면 다시 돌아오지 않을 것이 뻔했다. 하지만 헤라클레스는 짐짓 웃으며 말했다.

"하하하, 그렇게 해주시오. 얼마나 감사한 일인지 모르겠구려. 이 하늘을 내가 떠받치고 있을 테니 그 황금 사과를 에우리스테우스 왕에게 전해주시오."

너무나 쉽게 자유를 얻게 되자 아틀라스는 다시 한번 물었다.

"정말 그래도 되겠는가?"

"물론이오. 그런데 아까 보니 당신은 어깨 위에 두툼한 솜을 대고 있던데, 보다시피 나는 맨살로 하늘을 받치고 있소. 벌써 어깨에서 진물이 나려고 하오."

그것은 사실이었다. 하늘의 무게에 헤라클레스의 어깨가 무너져 내리고 있었다.

"그거 안됐군. 자네는 아무 준비 없이 하늘을 떠받들었어."

"이 사자 가죽을 몇 겹으로 접어서 내 어깨에 두르려고 하니 잠깐만 하늘을 맡아주시오."

"알겠네."

아틀라스는 황금 사과 세 개를 옆에 내려놓고 기꺼이 헤라클레스의 어깨와 팔에서 하늘을 넘겨받았다.

"자, 빨리 어깨 위에 사자 가죽을 대도록 하게."

헤라클레스는 바쁠 것 없다는 듯 땅에 놓인 황금 사과를 주머니에 넣으며 말했다.

"고맙소. 이 사과를 가지고 가서 잘 전달하겠소. 잠깐이라도 휴식을 주었으니 당신도 아쉬울 것이 없는 거래 아니었소? 잘 지내시오."

헤라클레스는 뒤도 돌아보지 않고 떠나버렸다. 그는 아틀라스가 어떻게 나오리라는 것을 프로메테우스에게 들어서 알고 있었다.

"이봐! 돌아와! 내가 할 말이 있어!"

아틀라스의 고함 소리가 헤라클레스의 등 뒤로 오래도록 들려왔다.

"어깨에 솜이라도 끼워주고 가게!"

헤라클레스는 황금 사과를 가지고 미케네로 돌아와 에우리스테우스 앞에 모습을 드러냈다. 빛나는 황금 사과를 보자 에우리스테우스는 또다시 히스테리를 일으켰다.

"황금 사과는 더 이상 필요 없으니 썩 꺼져라."

헤라클레스는 으레 그렇듯이 뒤돌아서서 궁을 나왔다.

에우리스테우스는 또 다른 과업을 짜내느라 머리가 아플 지경이었다.

'이자를 어떻게 한담?'

순간 에우리스테우스의 머릿속에 열두 번째 과업이 떠올랐다. 그 마지막 과업은 바로 저승인 타르타로스를 다녀오는 것이었다.

8

과업의 완수와 남은 일들

에우리스테우스는 어떻게든 헤라클레스를 타르타로스로 보내서 영영 돌아오지 못하게 하고 싶었다. 그는 또다시 고민에 빠졌다.

'저자를 타르타로스로 보내서 가장 힘든 일을 하게 해야지. 제일 어려운 과업이 뭐가 있을까?'

그 순간 좋은 생각이 떠올랐다. 이는 물론 헤라 여신이 그에게 떠올려준 생각이었다. 하지만 어리석은 그는 자신의 머리가 좋아서 기발한 생각이 자꾸 떠오른다고 여겼다.

'맞아. 타르타로스를 지키는 케르베로스가 있었지. 그 개를 데려오라고 해야겠다.'

자신이 얼마나 겁쟁이인지 알지도 못한 채 에우리스테우스는 전령인 코프레우스에게 명령을 내렸다.

"지금 당장 헤라클레스에게 가서 타르타로스의 개를 데리고 오라고 하라."

그때 헤라클레스는 황금 사과를 아테나 여신에게 제물로 바치고 있었다. 그런데 제단에 올려놓는 순간 황금 사과는 사라져버렸다. 아테나 여신이 다시 헤스페리데스의 정원에 갖다 놓은 것이다. 원래 있던 곳에 있게 하는 것이 신의 섭리다.

코프레우스는 급한 일이기라도 한 듯 신전까지 찾아와 또다시 명령을 전했다.

"뭐라고? 케르베로스를 잡아 오라고?"

헤라클레스는 엉뚱한 명령에 뜨악했다.

"예. 왕께서 내리신 마지막 명령입니다."

코프레우스가 신이 난다는 듯 말했다.

"케르베로스가 도대체 어떤 괴물이냐?"

"그건 제가 조금 알려드릴 수 있습니다. 케르베로스는 일단 머리가 셋 달린 개입니다. 꼬리 끝에는 용의 머리가 달려 있고, 절대 죽지 않는 불사신이라고 합니다."

"그래? 그 괴물은 어디에서 온 것인가?"

"티폰과 에키드나의 자식으로, 영웅께서 죽이신 네메아의 사자와 레르나의 히드라와 형제간입니다."

"그렇군. 그들은 순전히 괴물만 낳았나 보군."

"다른 괴물들도 다 그들의 자식이죠. 케르베로스는 타르타로스의 입구에서 죽은 자들이 나가지 못하도록 지키고 있습니다. 물론 산 자들이 들어가는 것도 막고 있죠. 산 자이든 죽은 자이든 근처에 오기만 하면 모두 잡아먹어 버린다고 합니다."

이 정도로 얘기하면 기가 죽을 줄 알았는데, 헤라클레스는 활기찬 표정으로 말했다.

"알았다. 내 당장 길을 떠나겠다."

언젠가 해야 할 일은 미룰수록 손해인 법이다. 헤라클레스는 곤봉과 칼, 창과 활로 무장하고 곧바로 길을 떠났다. 올림포스에서 이를 내려다보고 있던 제우스는 전령의 신 헤르메스와 전쟁의 여신 아테나를 불렀다.

"타르타로스는 산 사람이 갈 수 없는 곳이니 이번이 가장 어려운 과업이다. 내 아들을 잘 보호해주어라."

아버지로서 그 부탁밖에 할 것이 없었다. 운명은 제우스조차 바꿀 수 없었다. 헤르메스와 아테나는 헤라클레스 앞에 나타나 동행해주었다.

"헤라클레스, 우리가 함께 가줄 테니 걱정하지 말아라."

"감사합니다."

양옆에 두 신이 함께하니 헤라클레스는 용기가 났다. 타이게투스산 비탈의 동굴로 들어간 그들은 타르타로스의 입구인 땅속 깊이 스며들듯 미끄러져 내려갔다. 어둠이 가득한 지하세계를 한참 걸어가자 마침내 스틱스강이 찰랑거리는 강변에 도달했다.* 뱃사공 카론은 어김없이 배를 몰고 와서 물었다.

"산 자는 이 강을 건널 수 없소."

그러자 두 신이 말했다.

"헤라클레스는 산 자도 아니고, 죽은 자도 아닌 신의 아들이다. 배에 태워라."

카론은 어쩔 수 없이 투덜대며 헤라클레스를 태웠다.

"타르타로스에 가면 괴물 하나가 당신을 맞이할 것이오."

카론이 음흉한 미소를 지었다. 하지만 이미 알고 있는 헤라클레스는 고개만 끄덕였다. 이윽고 나룻배가 건너편에 닿자 타르타로스의 입구에 케르베로스가 있었다. 눈에서 불을 뿜듯이 다가와 세 개의 목으로 제각각 짖어댔다.

"컹컹컹!"

헤라클레스는 당장 몽둥이로 때려눕히고 싶었지만 두 신이 말렸다.

"이 개의 주인은 지하세계의 왕인 하데스이니, 먼저 그에게 양해를 구하는 것이 좋겠다."

"알겠습니다."

헤라클레스는 달려드는 케르베로스를 놓아두고 신들과 함께 타르타로스의 문을 지나갔다. 신들은 지하세계에 익숙했으나 헤라클레

여기서 잠깐!!

지하세계에는 강들이 많았대. 그래서 하데스의 궁으로 가려면 여러 개의 강을 건너야 했다는 거야. 첫 번째 강이 바로 '고통'을 뜻하는 아케론강이야. 이 강을 건너려면 카론이라는 사공의 배를 타야 해. 아케론강 다음이 코키토스강이야. '시름'의 강이라는 뜻으로 이 강을 건너면 이승의 모든 걱정을 다 잊게 돼. 그리고 플레게톤강이 나타나는데 이것은 '불'의 강이야. 아마 이승의 모든 것들을 태워버린다는 의미인가 봐. 마지막으로 나오는 것이 레테강이야. 망각의 강이라고 불리는 이 강을 건너는 순간 비로소 이승의 모든 기억을 잊고 타르타로스의 시민이 되는 거지.

스는 신기한 듯 좌우를 살피며 두려움을 이겨내려고 애썼다. 사방에서 신음 소리가 들려왔고, 전쟁이나 질병으로 죽은 영혼들이 헤라클레스에게 다가왔다가 사라졌다. 그의 몽둥이에 맞아 죽은 동물들과 인간들이 수없이 나타나서 억울하다는 듯 그를 쳐다보다가 멀어져갔다. 페르세우스가 죽인 메두사도 날카로운 눈빛으로 노려보았다. 메두사가 덤비면 곤봉으로 후려칠 태세를 취하자 헤르메스가 말했다.

"헤라클레스, 메두사는 이미 죽었다. 죽은 것들은 너에게 해를 끼치지 못하니 긴장하지 마라."

헤라클레스는 억울한 영혼의 부탁을 들어주기도 했다. 칼리돈의 왕자 멜레아그로스가 나타나 그에게 말했다.

"헤라클레스, 당신을 해치고 싶은 마음은 전혀 없습니다."

헤라클레스는 처음에 멜레아그로스가 자신을 죽이려고 보낸 헤라의 귀신인가 싶었지만 그건 아니었다.

"나의 억울한 이야기를 들어주시오. 나의 사랑하는 어머니가 나를 어찌 죽이려 했는지 말이오. 어머니는 불멸의 신인 아폴론과 나를 싸우게 했소. 결국 나는 죽어서 이곳에 오게 되었소."

신들에게 이용당하고 패배한 자의 모습이 어떠한 것인지를 헤라클레스는 알 수 있었다. 두 사람은 서로를 공감하며 눈물을 흘렸다.

"어머니가 나를 죽였소."

멜레아그로스가 태어났을 때 어머니 알타이아는 운명의 여신들의 목소리를 들었다.

"이 아이는 저 마른 장작이 다 탈 때까지만 살아 있을 운명이니 너무 불쌍하군."

운명의 여신의 목소리를 듣고 알타이아는 그 벽난로 속에서 타고 있던 장작을 꺼내 불을 끄고 비밀 장소에 숨겨버렸다. 그 덕에 멜레아그로스는 무사히 자라서 용사가 되었다. 그런데 멧돼지 사냥에서 외삼촌들과 다투다가 그들을 죽이고 말았다. 하나도 아니고 둘을 죽였으니 어머니 알타이아의 분노는 이성을 잃을 정도였다. 결국 알타이아는 숨겨두었던 장작을 꺼내서 다시 태웠고, 멜레아그로스는 숨이 끊어져 이곳 저승에서 방황하고 있었다.

멜레아그로스는 자신의 기구한 운명을 들려주더니 한 가지 부탁을 했다.

"헤라클레스, 나는 여동생 데이아네이라를 결혼시키지 못하고 온 것이 못내 마음에 걸리오. 그 아이를 지켜줄 사람도 없고……. 아버지의 집에 그냥 두고 왔소. 그 아이가 악마의 손에 떨어지거나 못된 자를 만날까 두렵소. 당신이 그 아이의 남편이 되어서 보호해준다면 나는 더 바랄 것이 없겠소."

여동생을 사랑하는 절절한 마음에 감동한 헤라클레스는 약속했다.

"알겠소. 나는 당신의 누이를 위해 무엇이든 최선을 다하겠소. 걱정 마시오."

그제야 멜레아그로스는 안심하고 사라졌다.

마침내 헤라클레스는 하데스의 궁으로 들어갔다. 하데스는 살아 있는 사람이 나타나자 두려웠다.

"죽은 자만 들어올 수 있는 이곳에 어찌 산 자가 나타났느냐?"

하데스는 금방이라도 큰 벌을 내릴 것처럼 분노했다. 하지만 그의 아름다운 아내 페르세포네는 헤라클레스를 동정 어린 눈으로 바라보았다.

"여보, 그러지 마세요. 아버지 제우스 신의 또 다른 아들이잖아요. 따지고 보면 헤라클레스는 나의 동생인 셈입니다."

헤라클레스는 용기를 내서 자초지종을 설명했다. 신들의 장난으로 에우리스테우스가 권력을 갖게 되었고, 자기는 그가 과업을 내리면 무조건 순응해야 하는 운명을 짊어지게 되었다는 이야기였다. 그리하여 열두 번째 과업을 수행하러 왔다고 말이다.

"인형을 조종하듯이 나에게 명령을 내리는 에우리스테우스 왕이 타르타로스의 개인 케르베로스를 보고 싶다고 합니다. 마지막 과업은 그것입니다."

"인간이 케르베로스를 보면 그 자리에서 기절해버릴 것이다."

"그가 무서워서 도망치든 말든 저는 명령을 받들어야 합니다. 저는 선택의 여지가 없습니다. 운명으로부터 도망칠 수 없으니까요. 저의 목표는 오로지 케르베로스를 미케네로 데려가는 것뿐입니다."

옆에 있던 페르세포네까지 하데스에게 간청했다.

"내 동생의 부탁을 들어주세요. 저렇게 운명을 따르려고 애쓰잖아요. 불쌍하지도 않으세요?"

"좋다. 케르베로스를 데려가도록 허락하겠다."

헤라클레스는 한숨을 내쉬었다. 일이 이렇게 쉽게 풀리리라고는 생각하지 못했다.

"하지만 조건이 있다."

신들은 인간에게 뭔가를 줄 때 항상 조건을 다는 법이다.

"무기를 쓰지 말고 개를 길들여서 데려가야 한다."

머리가 세 개이고 꼬리에 용의 머리가 달린 괴물을 맨손으로 제압해서 끌고 간다는 것은 불가능한 일이었다. 하지만 헤라클레스는 문제없었다. 그 어떤 괴물도 맨손으로 꺾지 않았던가.

"알겠습니다. 해보겠습니다."

헤라클레스는 단호하게 말하고 궁을 떠났다. 하데스는 믿을 수 없다는 표정을 지었고, 페르세포네는 배다른 동생의 비참한 운명을 슬퍼하며 눈물을 흘렸다.

헤라클레스가 타르타로스의 입구로 나오자 또다시 케르베로스가 으르렁대며 노려보았다. 이제 길들여서 데려가는 일만 남았다.

"잠시 기다려라!"

헤라클레스는 무기를 모두 내려놓고 사자 가죽을 단단히 여몄다. 자신의 몸을 보호해줄 것은 사자 가죽뿐이었다. 네메아의 사자 가죽이 이렇게 유용할 줄은 미처 알지 못했다.

케르베로스는 헤라클레스가 사정거리 안으로 들어오자 번개처럼 날아올라 덤벼들었다. 케르베로스는 산 자가 들어오는 것을 막기도 하지만 가장 큰 임무는 나가려는 영혼을 막는 것이었다. 세 개의 머리가 헤라클레스의 등과 목과 다리를 각각 물었다. 그러나 그 이빨들은 사자 가죽을 뚫지 못했다.

헤라클레스는 재빨리 쇠사슬로 개의 머리 하나를 묶어 잡아당겼다.

그리고 나머지 두 개의 머리도 얼른 낚아채서 같이 엮어버렸다. 머리 세 개를 쇠사슬 하나로 조인 것이다. 그러자 이번에는 꼬리에 달린 용이 헤라클레스의 다리를 물었다. 용의 이빨이 근육을 파고들었지만 헤라클레스는 참아냈다.

"윽, 너는 잠시 기다려라."

헤라클레스는 쇠사슬을 있는 힘껏 조였다.

"깽깽!"

숨이 막힌 케르베로스는 발버둥치고 온몸을 비틀더니 축 처지고 말았다. 그러자 꼬리의 용도 힘이 빠졌다. 헤라클레스는 비로소 사슬을 살짝 풀었다. 케르베로스는 숨이 돌아오자 낑낑대며 헤라클레스의 발밑에 머리를 조아렸다. 주인으로 받아들인다는 뜻이었다.

헤라클레스는 타르타로스에서 친구를 따라왔다가 하데스의 벌로 의자에 엉덩이가 붙어버린 테세우스도 구해주었다. 그러나 테세우스를 부추겨서 함께 온 페이리토오스는 끝내 구하지 못했다.

힘겹게 제압한 케르베로스를 끌고 헤라클레스는 평화로운 낙원을 지나 지상으로 올라왔다.

케르베로스는 지상으로 올라오자마자 낯선 환경에서 다시 한 번 사납게 으르렁대며 날뛰었다. 자기가 살던 곳으로 되돌아가려고 몸부림치는 것이었다. 하지만 헤라클레스는 재빨리 개의 몸통을 무릎으로 누르고 목줄을 잡아당겼다. 확실한 강자가 누구인지를 다시 한 번 보여준 것이다. 케르베로스는 헤라클레스를 이길 수 없다는 것을 깨닫자 다시 온순해졌다.

헤라클레스가 타르타로스의 개를 끌고 궁으로 돌아오자 사람들은 모두 두려워 멀리 도망갔다. 마지막 과업을 완수했다고 알리기 전에 헤라클레스는 에우리스테우스를 골려주고 싶었다.

'이자가 마지막 과업인 이 개를 꼭 한 번 보게 하리라.'

그때 에우리스테우스는 정원에서 풍성하게 차린 음식을 먹으며 잔치를 벌이고 있었다. 헤라클레스는 조용히 그의 등 뒤로 가서 말했다.

"왕이시여! 마지막 과업을 완수했습니다. 이걸 보십시오."

깜짝 놀란 에우리스테우스가 본능적으로 고개를 돌린 순간 그의 눈앞에는 이빨에서 침이 뚝뚝 떨어지는 케르베로스의 머리 세 개가 일제히 짖어댔다. 꼬리의 용도 당장 잡아먹을 듯이 코앞에 있었다. 너무나 끔찍한 모습에 놀란 에우리스테우스는 에리만토스산의 멧돼지를 보았을 때처럼 커다란 항아리 속으로 뛰어들어 잔뜩 웅크렸다.

그는 떨리는 목소리로 소리쳤다.

"항아리 뚜껑을 덮어라! 어서!"

어둠 속에서 왕은 똥오줌을 지릴 정도로 두려움에 떨었다.

"하하하하!"

헤라클레스는 그 모습을 보고 껄껄 웃었다.

"왕이시여, 저는 열두 가지 과업을 달성했으니 이제 자유의 몸입니다. 저는 그만 떠나겠습니다."

헤라클레스는 궁을 나와 지하세계로 통하는 동굴로 갔다. 목에 걸린 쇠사슬을 풀어주자 케르베로스는 동굴 속으로 재빨리 들어가 사라졌다.

헤라클레스는 열두 가지 과업을 모두 달성했다. 그는 어깨를 짓누르고 있던 열두 개의 돌덩어리를 내려놓은 것처럼 홀가분한 마음으로 허공에 대고 포효했다.

"나는 자유다!"

돌이켜보니 10년의 세월이 흘렀다. 헤라클레스는 모든 영광과 굴욕, 위기와 어려움을 이겨냈다. 이제 그는 모든 굴레를 벗고 진정한 영웅이 되었다. 그리고 정신이 나간 상태에서 자신의 아이들을 죽인 죄도 용서받았다. 이제 그가 가야 할 곳은 미진한 일들을 남겨두었던 지역이었다. 그는 자신을 따르는 사람들에게 물었다.

"나를 모욕했던 자들을 혼내 주러 함께 갈 것인가?"

"영웅이시여, 그대와 함께 어디든 가겠습니다."

헤라클레스는 그들을 데리고 먼저 엘리스로 갔다. 엘리스의 아우게이아스 왕은 자신과 했던 약속을 어긴 자였다. 자기 아들이 증언했는데도 시치미를 떼고 헤라클레스를 소도둑으로 몰았다. 필레우스가 계약한 사실을 증언했는데도 재판관의 판결을 무시하고 헤라클레스를 쫓아냈다.

'이자는 반드시 대가를 지불하게 해야지.'

아우게이아스는 헤라클레스가 열두 가지 과업을 마치고 자신을 응징하러 올 줄은 꿈에도 몰랐다. 그사이에 늙어버린 그는 헤라클레스의 상대가 되지 않았다. 헤라클레스는 비겁하게 도망치는 아우게이아스를 죽이고 멀리 귀양을 갔던 그의 아들 필레우스를 불러들여 왕위에 앉혔다.

"필레우스, 그대야말로 올바른 왕이 될 자격을 갖췄다."

그러자 필레우스는 아버지의 약속을 대신 지키기 위해 말했다.

"소들을 가져가십시오. 소들이라도 드리고 싶습니다."

"필요 없다. 나의 모든 과업은 끝났다."

"하지만 뭐든 드리고 싶으니, 페네이오스강 옆에 있는 땅을 가져가십시오."

"그 땅도 내가 떠메고 갈 수는 없다. 하지만 그곳에 제우스 신께 바치는 사원을 하나 짓겠다. 그리고 그곳에 젊은 영웅들이 훈련하고 시합할 수 있는 경기장을 만들어라."

그곳에는 멋진 경기장이 들어섰는데, 이름을 올림피아라고 지었다. 영웅들이 모여서 평화롭게 실력을 겨루는 곳이다.★

그다음으로 헤라클레스는 페라이로 갔다. 디오메데스의 말을 데려오려고 떠났을 때 잠깐 머물렀던 곳이다. 자신을 극진하게 대접해 준 왕을 만나 감사의 인사를 하고 우정을 나누고 싶었다. 페라이의 아드메토스 왕에게도 다시 돌아와 함께 먹고 마시며 즐기겠다고 약속했다. 그사이 아드메토스는 이올코스의 왕 펠리아스의 사랑스러운 공주 알케스티스와 결혼해 행복한 가정을 이루고 있었다.

하지만 호사다마라고 했던가. 헤라클레스

여기서 잠깐!!

이것이 올림픽의 기원이야. 올림픽은 이때부터 시작된 스포츠 대회야. 신들이 사는 올림포스산에서 유래한 이름이지. 헤라클레스가 올림포스산에서 개최했다는 전설도 있어. 물론 이건 종교적인 의미가 커. 주로 제우스를 비롯한 여러 신들에게 제물을 바치고 경배하는 뜻에서 경기를 열었으니까. 처음에는 육상 경기만 있었는데, 나중에 다양한 종목이 추가되었어. 참가 자격은 자유인으로 남자에 한했어. 게다가 전부 알몸으로 대회를 치렀다고 해. 4년마다 열린다고 해서 올림피아드라고 하지.

가 찾아갈 무렵 아드메토스는 중병에 걸리고 말았다. 그는 원래 짧은 운명을 타고난 사람이었다. 백방으로 수소문해서 명의를 부르고 몸에 좋다는 약을 먹었지만 소용없었다. 사랑하는 아내 알케스티스는 눈물로 나날을 보냈다. 자식들도 함께 울면서 아버지가 낫기를 기도했지만 하루가 다르게 죽음의 구렁텅이로 빠져들고 있었다.

"신이시여, 우리를 불쌍히 여기소서. 아버지를 살려주세요. 무슨 일이든 하겠습니다. 제발 저희의 기도를 들어주세요."

자식들이 간절히 기도하자 하늘에 있는 신들도 움직였다. 아드메토스를 사랑했던 아폴론은 어떻게든 그를 살리고 싶었다.

그러나 운명의 여신이 정한 것은 그 누구도 뒤집을 수 없었다. 아무리 기도해도 수명을 연장해줄 수는 없는 노릇이었다. 어떤 인간도 자신의 운명을 바꾸지는 못했다.

하지만 지혜로운 아폴론은 한 가지 생각을 해냈다. 어느 날 신들에게 잔뜩 술을 먹여 운명의 여신 모이라이들이 취기로 기분이 좋을 때 설득했다.

"아드메토스의 운명을 좀 바꿔주시오."

그러나 운명의 여신들은 그럴 수 없다고 말했다.

"다만 사정이 딱하니 한 가지 알려주겠소. 왕의 친척들 중에 대신 죽을 자가 있다면 그와 바꾸어 살아날 수 있소."

이 신탁을 듣고 궁 안에는 온통 근심이 퍼졌다.

"왕 대신 죽을 사람이 있다면 살려주신다네."

"아, 누가 대신 죽을 수 있을까?"

"우리 왕이 죽으면 너무나 안타깝잖아. 저렇게 선하고 착한 분이 또 어디 있겠는가?"

왕족들 모두 서로의 눈치만 보았다. 왕의 혜택을 받으며 잘 먹고 잘 살던 그들이지만 정작 왕을 위해 죽으려고 나서는 자는 아무도 없었다. 마음속으로 그들은 모두 같은 생각을 했다.

'이제 수명이 얼마 남지 않은 왕의 아버지나 어머니가 대신 죽으면 되는 거 아냐?'

'그렇지. 차라리 생의 마지막을 아들을 위해 바친다면 아까울 것도 없지.'

'그들은 영원히 칭송받을 거야.'

'누가 위대한 희생을 할까? 아버지일까, 어머니일까?'

그러나 아드메토스의 아버지와 어머니는 고개를 저었다. 아무리 아들을 사랑한다고 하지만 대신 죽을 용기는 없었다. 그만큼 죽음은 무서운 것이었다. 그들은 아들을 위해 죽겠다는 말 한마디를 하지 못했다. 차라리 사람들에게 비난받고 손가락질을 받아도 이 땅에 살고 싶었다.

그때 목소리를 높인 사람은 바로 아내였다. 알케스티스가 말했다.

"남편 대신 내가 죽겠습니다."

그러고는 제단 앞으로 나아갔다.

"운명의 여신들이여, 저를 데려가십시오. 사랑하는 사람을 위해 대신 죽을 수 있는 것도 감사한 일입니다. 제 목숨을 가져가고 남편을 살려주세요. 사랑하는 나의 남편, 아드메토스, 당신이 지하세계에 가는 것보다 내가 가는 것이 나아요. 당신은 이 세상에 남아 좋은 일을 더 많이 해주세요. 나는 당신을 위해 기꺼이 죽겠어요."

그러자 누워 있던 아드메토스가 눈을 떴다.

"무슨 말도 안 되는 소리를 하는 거요? 신들 앞에서 그 말을 거두시오. 신들이시여, 아내는 지금 제정신이 아닙니다. 당신 없이 내가 살아서 무엇 한단 말이오?"

그러나 올림포스의 신들은 알케스티스의 기도를 듣고 운명을 바꿔버렸다. 아드메토스는 자신의 몸에 힘찬 생명의 에너지가 들어차는 것을 느꼈다.

"아니, 이럴 수가!"

줄곧 누워만 있던 아드메토스는 벌떡 일어났다. 반면 건강했던 알케스티스는 서 있을 힘조차 없이 바로 몸져누웠다. 그녀는 떨리는 목소리로 시녀들에게 말했다.

"내가 죽을 때 마지막으로 입을 옷을 가져오너라."

그녀는 마지막 안간힘을 다해 신전 앞으로 걸어가서 엎드려 말했다.

"신들이시여, 우리를 지켜주소서. 제가 남기고 가는 아이들을 꼭 사랑으로 돌봐주시옵소서. 작고 힘없는 아이들입니다. 아이들이 결혼할 때가 되면 진정한 기쁨을 주시옵소서."

알케스티스는 더 이상 버틸 수 없었다. 다시 누운 그녀는 빠르게 의식을 잃어갔다. 그와 반대로 아드메토스는 빠르게 건강을 회복했다. 남편이 벌떡 일어나 자신의 침대로 다가오는 것을 보며 알케스티스가 말했다.

"사랑하는 아드메토스, 잘 지내요. 얘들아, 이 어미는 이제 떠난다."

아드메토스가 침대로 다가온 순간 알케스티스의 숨이 멎었다.

"여보, 으흐흑!"

아드메토스는 아내의 죽음 앞에서 대성통곡을 했다. 페라이 전체가 슬픔에 빠졌다. 가장 훌륭하고 아름다운 여인이 남편을 대신해 죽은 것이다.

아내를 양지바른 산에 묻고 돌아온 아드메토스는 넋이 나간 채 흐르는 눈물을 주체할 수 없었다. 그때 신하가 들어와 말했다.

"왕이시여, 손님이 오셨습니다. 헤라클레스입니다."

"무엇이? 헤라클레스? 나의 가장 사랑하는 친구 헤라클레스가 가장 슬플 때 왔구나. 친구를 서 있게 해서는 안 되지. 어서 들어오라 일러라."

아드메토스는 슬픈 얼굴로 헤라클레스를 맞이했다. 왕의 어두운 얼굴을 보자 헤라클레스는 안 좋은 일이 있음을 금세 알아챘다.

"친구여, 무슨 일이 있었는가? 이 왕국에 어찌하여 슬픔이 가득 차 있단 말인가? 나는 자네와 즐거운 시간을 보내려고 왔네."

그러자 아드메토스는 말했다.

"아내가 죽었다네. 방금 그녀를 묻고 돌아오는 길일세. 신들께서도 가혹하시지. 내가 가장 슬플 때 가장 좋아하는 친구가 오다니."

"알케스티스가 죽었다고?"

"예. 왕비님께서 돌아가셨습니다."

시녀들이 모두 통곡했다. 헤라클레스는 벌떡 일어났다.

"그녀는 지금 어디에 묻혀 있는가?"

신하들이 손가락으로 가리키며 말했다.

"저깁니다."

왕궁에서 바라보이는 나지막한 언덕이었다.

"당장 앞장서라."

헤라클레스가 그곳으로 달려가자 사람들도 모두 뒤따라갔다. 무덤에 이르자 그는 석판을 번쩍 들어 올렸다. 관 속에는 왕비가 잠든 듯 아름다운 자태로 누워 있었다. 그녀를 꺼내려 하자 등 뒤에서 무시무시한 목소리가 들렸다.

"지금 무엇을 하는 것이냐?"

고개를 돌려보니 타르타로스의 사자 카론*이 쳐다보고 있었다. 이제 막 왕비의 혼을 끌어내리던 중이었다.

헤라클레스는 카론에게 덤벼들었다. 죽음의 사신을 막아선 자는 지금까지 아무도 없었다. 카론은 난생처음 겪는 상황에서도 빠르게 판단했다. 인간들이 다시는 죽음 앞에 저항하지 못하도록 해야겠다는 것이었다. 카론에게 덤비는 헤라클레스의 힘은 그 어느 때보다 강했다. 그동안 얼마나 운명에 시달렸던 헤라클레스인가. 이제 과업에서 벗어난 헤라클레스는 어떠한 운명이든 이겨낼 자신이 있었다. 설령 신이라 해도 두렵지 않았다.

카론과 헤라클레스는 지금까지 보지 못했던 격렬한 싸움을 벌였다. 땅이 흔들리고 흙이 패며 지축이 흔들렸다. 카론은 꿈의 숨결로 헤라클레스의 몸을 마비시키려 했지만 헤라클레스는 머리를 아래로 숙였다. 그의 숨결을 맞는 순간 힘이 빠진다는 것을 알았다. 헤라클레스는 몇 번이고 그의 숨결을 피하더니 그의 목을 잡아서 세게 눌렀다. 한번 잡으면 그 어떠한 괴물도 버틸 수 없는 괴력이었다. 카론은 숨이 넘어갔지만 불사신인 그는 다시 살아났다. 헤라클레스는 끝까지 카론을 놓지 않았다. 카론은 고통으로 몸부림치다 눈동자의 실핏줄과 고막이 터지고 귀에서 피가 흘렀다.

"아, 이제 그만 놔줘라. 내가 졌다, 졌어."

마침내 헤라클레스는 조였던 팔뚝의 힘을 뺐다. 카론은 나가떨어지며 콜록댔다.

"그래, 네가 원하는 게 뭐냐?"

헤라클레스는 짧게 한마디 했다.

"알케스티스를 돌려보내라."

"뭐라고?"

카론은 깜짝 놀랐다. 죽은 자를 되살리는 것은 있을 수 없는 일이었다.

"그건 안 될 일이다."

"또 목이 졸리고 싶은가?"

아무리 불사신이라고 하지만 죽음의 고통을 여러 번 겪고 싶지는 않았다. 카론은 대리석판 밑에 누워 있는 알케스티스의 손을 잡았다. 그 순간 그녀가 눈을 뜨더니 화사한 얼굴로 일어나 앉았다.

여기서 잠깐!!

카론은 스틱스강의 뱃사공인데 여기서 헤라클레스와 싸우게 돼. 일설에 의하면 이때 싸운 건 죽음의 신 타나토스라고도 해. 이야기가 전승되다 보니 죽음의 신과 카론이 그때그때 다르게 등장하는 거야.

"자, 데려가라."

헤라클레스는 다가가서 알케스티스를 번쩍 안아 올렸다. 그녀의 몸에 묻은 꽃과 잡동사니를 털어낸 뒤 손을 잡고 데려가려고 하자 카론은 마지막 조건을 덧붙였다.

"그녀를 데려가되 사흘 동안 그녀는 말을 할 수 없다."

헤라클레스는 알케스티스의 얼굴을 베일로 가리고 궁으로 데리고 왔다. 아드메토스는 여전히 울고 있었다. 헤라클레스는 알케스티스를 이끌며 말했다.

"친구! 나를 좀 보게. 자네에게 기쁜 소식을 가져왔네."

"아내를 잃은 자에게 어떤 기쁜 소식이 있단 말인가?"

아드메토스는 고개를 돌리지도 않고 말했다.

"여기를 좀 보라니까. 내가 데려온 여인을 보란 말이야."

"너무하는군. 아내를 잃은 지 얼마나 되었다고 다른 여자를 데리고 온단 말인가? 나는 알케스티스 이외의 다른 여자를 만나고 싶지 않네. 내 아이들을 낳아준 아내를 버리고 어찌 새 여자와 결혼한단 말인가? 그건 아내에 대한 도리가 아닐세."

"아드메토스, 바로 자네의 아내를 데려왔다네."

"뭐라고?"

아드메토스는 고개를 돌리는 순간 놀라서 뒤로 나자빠질 뻔했다. 그곳에는 죽은 아내가 서 있었다.

"어찌 된 일인가? 나에게 허깨비를 보여주는군. 하지만 고맙네. 허깨비라도 붙잡아주게. 이렇게라도 아내의 모습을 보고 싶었다네."

"아드메토스 이것은 살아 있는 알케스티스야. 내가 사신 카론을 굴복시키고 데려왔다네. 자네의 아내는 살아 돌아왔고, 아이들도 엄마를 잃지 않게 되었어."

"오, 정말인가? 어떻게 이런 일이 가능하단 말인가?"

그는 달려가 아내를 끌어안았다.

"여보! 당신이 살아 오다니."

"……."

"뭐라고 말을 해보시오. 여보!"

그때 헤라클레스는 알케스티스가 사흘간 말을 할 수 없다고 설명해주었다. 그제야 아드메토스는 이해했다. 그래도 죽었던 아내를 다시 만난 기쁨에 어쩔 줄 몰랐다. 헤라클레스는 더 이상 이곳에 머무를 필요 없다는 생각이 들었다.

"잘 있게. 이것이 내가 친구인 자네에게 주는 선물일세."

"위대한 영웅 헤라클레스여, 고맙네."

헤라클레스는 다시 길을 떠났다.

9

고난의 승리

헤라클레스는 하나도 완수하기 힘든 과업을 열두 개나 완수했다. 이로써 그의 삶은 완성되었다. 그러나 신들의 장난에 놀아나는 운명을 타고난 인간에게 과업의 끝이란 없다. 하나를 해내면 어느새 새로운 위기가 다가오게 마련이다. 죽을 때까지 신들에게 시험당하는 것이 인간의 운명이다.

헤라는 헤라클레스가 열두 개의 과업을 완수했는데도, 그에 대한 미움이 전혀 가시지 않았다. 또 다른 방법으로 더 형편없는 자들 밑에서 허드렛일을 하게 만들고 싶었다. 그녀는 끊임없이 새로운 생각을 떠올렸다.

'그렇지. 신들을 분노하게 만드는 방법은 뭐니 뭐니 해도 헤라클레스의 화를 돋워서 선량한 인간을 죽이게 하는 거야.'

헤라는 여전히 우직하고 감정적인 영웅 헤라클레스를 고난에 빠뜨릴 방법은 이것밖에 없다고 생각했다. 이러한 사실을 전혀 모르는 헤라클레스는 알케스티스와 아드메토스의 아름다운 사랑에 크게 감동받았다.

'나도 사랑하는 배필을 맞이하고 싶다.'

그는 자신에게 걸맞은 여인을 수소문해보았다. 그러다 오이칼리아의 에우리토스 왕에게 아름다운 딸이 있다는 이야기를 들었다. 그녀의 이름은 이올레였다. 아프로디테처럼 사랑스럽고 지혜롭기로는 아테나 여신에 견줄 만하다는 소문이 자자했다. 그야말로 자신의 배필이 될 만한 여인이었다.

헤라클레스는 서둘러 오이칼리아로 달려갔다. 하지만 에우리토스 왕의 유일한 낙이 아름다운 딸 이올레였다. 누구에게도 자신의 딸을 주고 싶지 않았다. 딸이 오래도록 자신의 곁에 머무는 것이 그의 유일한 소원이었다. 더구나 에우리토스 왕에게는 아들 넷이 버티고 있었다. 그들 역시 용사들이었다. 그런데 남자 중의 남자 헤라클레스가 나타났다.

"왕이시여, 당신의 딸에게 청혼하러 왔습니다."

헤라클레스의 명성은 이미 일대에 자자했다. 그 누구도 반대할 명분이 없었다. 오히려 신하들은 좋은 기회라고 말했다.

"왕이시여, 헤라클레스를 사위로 맞이하신다면 우리나라의 안전은 영원히 보장될 것입니다. 그의 청혼을 받아들이십시오."

그러나 왕은 말했다.

"아니다. 그동안 수많은 청혼자들이 찾아오지 않았더냐? 그들과 똑같이 시험을 치러야 한다. 그래야 공평하지."

그 시험이라는 것은 활쏘기 시합이었다. 그는 온 세상을 통틀어 자신과 아들들이 최고의 명궁이라고 생각했다. 다섯 명의 명사수가 궁 안에 있었던 것이다. 이들과 활쏘기 시합에서 이겨야만 이올레와 결혼할 수 있었다. 수없이 많은 궁수들이 찾아와서 겨뤘지만 모두 실패하고 떠났다. 사실 에우리토스는 아폴론 신에게 활 쏘는 법을 배웠다. 그래서 그의 화살은 목표물을 빗나가는 법이 없었다.

헤라클레스는 고개를 끄덕였다.

"좋습니다. 어떠한 경기든 해보겠습니다. 도전을 받아주십시오."

에우리토스는 웃음을 터뜨리며 말했다.

"하하하! 기꺼이 도전을 받아들이겠다."

그는 내심 자신이 헤라클레스를 꺾었다고 자랑하고 싶었다. 그래서 그들은 가장 어려운 과제를 내주었다. 하늘 높이 나는 새와 가장 멀리 있는 목표물을 맞히는 것이었다. 네 명의 아들과 왕이 모두 실패했지만, 헤라클레스는 정확하게 맞혔다. 그러자 졸렬한 왕은 화를 내며 패배를 인정하지 않았다.

"네놈이 화살에 무슨 마법을 부렸구나. 이건 인간의 솜씨가 아니다. 비겁하게 반칙을 쓴 것이 분명해. 이런 자에게 내 딸을 줄 수 없다. 그만 돌아가거라."

왕이 내건 조건을 모두 수용하고 당당하게 이겼는데도 인정해주지 않자 헤라클레스는 격분했다. 이대로 순순히 물러설 헤라클레스가 아니었다.

"당신은 약속을 깼고 나를 모욕했습니다. 당신은 언젠가 벌을 받을 것입니다. 제우스 신께서 내려다보고 계십니다."

헤라클레스가 돌아서서 떠나려 하자 단 한 명의 지혜로운 아들 이피토스가 나섰다.

"아버지, 그리고 형님들! 이건 옳지 않습니다. 헤라클레스가 우리를 이긴 것은 분명한 사실입니다. 아무런 잘못도 하지 않은 사람을 모욕하고 돌려보내는 것은 명예롭지 않은 일입니다. 저는 이올레를 헤라클레스와 결혼시키는 게 맞다고 생각합니다. 그를 우리의 매제로 받아들여야 합니다. 결혼시키지 않는다는 것이 오히려 더 부끄러운 일입니다."

그러자 에우리토스는 말했다.

"우리 이올레한테는 다른 남자 따위 필요 없다. 내가 이 나라의 왕이고, 내 말이 곧 법이다."

아들은 할 수 없이 고개를 숙였다. 옳지 않다는 것을 알고 있었지만 왕인 아버지 앞에서 어쩔 수 없었다.

이때 또 다른 사건이 하나 벌어졌다. 소도둑이 몰래 잠입해 에우리토스의 소들을 훔쳐 갔다. 모두 활쏘기 시합에 빠져 있을 때 소도둑은 재빨리 마법을 부려 훔친 소들의 색깔을 바꿔서 끌고 가버린 것이다. 그는 헤르메스의 아들 가운데 하나인 아우톨리코스였다. 그는 아버지 헤르메스에게 절대 들키지 않고 훔치는 기술을 전수받았다. 소를 훔쳐 간 그는 재빨리 헤라클레스를 찾아갔다.

"헤라클레스여, 화를 풀게. 대신 이 지역에는 아주 좋은 소들이 많이 있네. 내가 가진 이 소들을 보게."

정말 아름답고 훌륭한 소들이었다.

"이 소들을 자네에게 싼값에 넘겨주겠네."

헤라클레스는 풀밭에서 소들이나 돌보며 마음의 위안을 얻기로 했다. 그는 값을 지불하고 소들을 끌고 갔다. 그러나 에우리토스는 자신의 소가 사라졌다는 것을 알고는 다짜고짜 헤라클레스를 도둑으로 지목했다. 수많은 사람들이 헤라클레스가 소 떼를 끌고 갔다고 증언했기 때문이다.

"이자가 내 딸을 데려가지 못하게 했더니 내 소를 훔쳐 갔구나. 당장 도둑놈을 잡아오너라."

그러자 다시 한 번 이피토스가 나섰다.

"아버지, 그럴 리가 없습니다. 헤라클레스가 소를 훔쳐 가다니요. 그런 영웅이 뭐하러 소를 훔치겠습니까? 소들이 어디 있는지 찾아본 다음에 진짜 소도둑을 처벌하는 것이 순서입니다."

"너는 또다시 헤라클레스의 편을 드는 게냐? 도둑놈 편을 드는 놈도 도둑놈이나 마찬가지다. 군사들을 동원해서 헤라클레스를 잡아오너라."

이피토스는 물러나지 않고 말했다.

"아버지, 헤라클레스가 그런 짓을 할 사람이 아니라는 것을 증명해 보이겠습니다. 제가 먼저 가서 소들을 조사해보고 진짜 도둑을 잡아오겠습니다."

이피토스는 아버지를 간신히 말리고 소도둑을 잡아오는 탐정 역할을 자처했다. 그런데 그가 소들의 발자국을 쫓아가 보니 정말 헤라클레스의 외양간에 소들이 모여 있었다.

'아, 이럴 리가. 헤라클레스가 소를 훔칠 리가 없는데 어떻게 된 일이지? 분명히 저건 다른 소일 거야. 직접 물어봐야겠다.'

헤라클레스는 이피토스가 자신에게 호의적이었던 것을 기억하고 기쁘게 맞아주었다.

"어서 오시게, 이피토스. 어쩐 일인가?"

이피토스는 어려운 이야기를 꺼냈다. 헤라클레스가 소도둑이라는 누명을 쓰게 되었다는 것이었다.

"이보게, 나는 도둑질 같은 것을 하는 사람이 아닐세. 이 소는 어제 아우톨리코스한테 사서 몰고 온 것일세. 자네 아버지에게 상처 입은 마음을 소라도 돌보면서 위로하려고 전 재산을 주고 샀다네."

"그렇습니까? 소들을 보니 색깔이 다르기는 합니다. 그럼 소도둑을 잡는 일을 당신이 도와주었으면 합니다."

"그런 일이라면 내 기꺼이 돕겠네. 이 지역에는 최고의 풀밭이 있으니, 어딘가에 소 떼가 있을 것이야. 높은 곳에 올라가서 살펴보자고."

그들은 성벽의 꼭대기에 올라갔다. 끝없이 펼쳐진 초원 여기저기에 소 떼가 놀고 있었다. 모두 주인이 있는 소들이었다. 하지만 왕의 소들은 보이지 않았다. 물론 헤라클레스의 소들도 낮에는 방목하여 풀을 뜯고 있었지만 털 색깔이 바뀌어 알아보지 못했다.

"아, 우리 소는 안 보이는군요. 어디로 간 걸까요?"

그러자 헤라클레스는 그의 말을 오해하고 말았다. 자신이 마치 소를 훔쳤다고 하는 것처럼 들렸던 것이다. 그는 피가 거꾸로 솟는 듯했다.

"자네가 그 얘기를 할 때부터 나는 계속 화를 참고 있었네."

"무슨 말씀이십니까?"

"나는 소를 찾으러 왔다는 자네의 말을 믿었네. 하지만 어디에도 자네의 소들은 없지 않은가? 이 모든 게 음모라는 생각이 드는군. 나를 해치려고 찾아온 것 아닌가?"

"헤라클레스! 그게 아닙니다. 소들을 잃어버린 것은 분명한 사실입니다. 왜 의심을 하십니까?"

"나를 의심한 것은 너희다. 너희 집안은 나를 두 번 모욕했다. 직접 와서 두 눈으로 보지 않았느냐?"

"헤라클레스, 나는 당신의 편입니다. 나의 호의를 무시하다니 섭섭합니다."

"무엇이 그리 섭섭하단 말인가?"

"오해를 푸십시오. 나는 선의를 가지고 왔을 뿐입니다. 자기 재산을 잃어버린 사람이 그것을 찾아다니는 건 당연하지 않습니까?"

"필요 없다. 너희 집안사람들을 더 이상 보고 싶지 않다."

"나를 모욕하는 것은 어쩔 수 없지만 우리 집안 전체를 모욕하지는 마십시오."

"뭐라고?"

"내가 당신의 페르세우스 집안을 모욕하면 기분이 좋겠습니까?"

그 말은 헤라클레스의 역린을 건드리고 말았다. 페르세우스의 적통을 이어받을 뻔했지만 신들의 장난에 의해 그러지 못하고 열두 가지 과업을 죽도록 수행한 헤라클레스였다.

"감히 우리 집안을 들먹이다니!"

헤라클레스는 분노를 참지 못하고 이피토스를 번쩍 들어서 성벽 아래로 내던져버렸다. 순식간에 벌어진 일이었다. 이피토스는 즉사하고 말았다. 올림포스의 신들은 모두 경악하지 않을 수 없었다. 헤라클레스가 화를 못 이겨 아무 죄 없는 사람을 죽였기 때문이다.

"이게 어찌 된 일인가? 헤라클레스가 무고한 사람을 죽이다니!"

"그러게 말입니다. 당장 엄벌에 처해야 합니다."

신들은 모두 웅성댔다. 헤라클레스를 감싸던 신들도 이번에는 할 말이 없었다. 더구나 이 모든 일의 뒤에는 헤라가 있었다. 이피토스가 깐죽거리듯이 말하도록 헤라가 조종해서 헤라클레스의 화를 돋운 것이다. 제우스는 한참을 고심하다 마침내 벌을 내렸다.

"헤라클레스에게 양심의 가책을 느끼는 빛을 내리거라. 마음의 상처로 인해 헤라클레스는 잠을 이룰 수 없을 것이다."

어느새 제정신이 돌아온 헤라클레스는 오열했다.

"아아, 내 친구 이피토스! 내가 무슨 짓을 저질렀는가!"

죄 없는 사람을 죽인 헤라클레스는 며칠을 잠 못 이루고 고통스러워했다. 이 고통은 오래도록 이어졌다. 잊혀지지 않았던 것이다.

'아아, 도저히 참을 수 없다.'

마침내 헤라클레스는 델포이 신전을 찾아갔다. 자신이 어떻게 해야 이 고통에서 벗어날 수 있는지 사제에게 물었지만 답을 얻지 못했다. 부당하게 사람을 죽인 죄인은 신의 목소리를 들을 수 없었다.

"돌아가세요, 헤라클레스. 아무런 신탁도 기대하지 마세요."

헤라클레스는 신탁을 받지 못하자 또다시 욱하는 감정에 사로잡혀 여사제 피티아가 신탁을 말할 때 앉아서 전하는 신성한 세발 탁자를 움켜잡았다. 그때 아폴론이 나서서 말했다.

"헤라클레스, 무모한 짓을 삼가라."

"단지 화가 나서 그런 것입니다. 당신의 신전에서는 나에게 아무런 답변을 해주지 않습니다. 이 탁자를 다른 곳으로 가져갈 것입니다."

"내려놓아라, 헤라클레스. 나는 강제로 뺏을 수도 있다."

"그럼 어디 한번 해보십시오."

아폴론 신과 헤라클레스의 싸움이 벌어졌다. 헤라클레스는 심신이 쇠약했지만 아직 힘이 남아 있었다. 아폴론을 이길 수는 없었지만 끝까지 싸웠다. 이를 본 제우스는 화가 머리끝까지 치밀었다.

"이자들의 싸움을 멈춰야겠다."

그들 사이로 벼락이 떨어지고 연기가 치솟았다. 헤라클레스는 그 서슬에 쓰러졌고 아폴론도 세발 탁자와 함께 나자빠졌다. 제우스는 명령을 내렸다.

"아폴론은 탁자를 가지고 가라. 그리고 여사제여, 헤라클레스가 원하는 답을 해주어라."

여사제는 신탁을 전해주었다.

"알크메네의 아들, 헤라클레스. 이것은 신들의 뜻이다. 너는 이유 없이 선량한 사람을 죽인 벌을 받고 있다. 그 병이 나으려면 너는 노예로 팔려가서 2년 동안 주인에게 봉사해야 한다. 너를 판 돈은 아들을 잃은 에우리토스에게 보상금으로 줄 것이야."

"아아!"

헤라클레스는 다시금 무릎을 꿇었다. 간신히 열두 가지 과업을 이루었는데 또 다른 벌이 자신의 어깨에 지워졌다.

헤라클레스를 인간시장에 내다 파는 일은 장사의 신이기도 한 헤르메스가 맡았다.

사람들은 헤라클레스를 기꺼이 사려고 했다. 그리하여 리디아의 여왕 옴팔레의 노예가 되었다. 이 못되고 어리석은 여자는 자신이 헤라클레스를 노예로 부린다는 것을 과시하고 싶었다. 그녀는 헤라클레스가 비참한 기분에 빠지도록 수많은 허드렛일을 시켰다. 헤라클레스는 청소, 빨래, 옷감 짜는 일까지 했다. 하지만 여자들이 하는 일을 하면서도 헤라클레스는 조금도 개의치 않았다.

"주인님, 열심히 하겠습니다."

헤라클레스는 자기에게 주어진 일을 그저 열심히 완수했다. 죄 없는 사람을 죽인 대가를 치러야 한다는 것을 잘 알고 있었다.

"감사합니다. 열심히 하겠습니다."

아무리 모욕적인 일을 시켜도 헤라클레스는 기꺼이 열정적으로 해냈다.

옴팔레는 천한 일을 하면 사람도 천해지는 줄 알았다. 하지만 일 자체가 사람을 천하게 만들 수는 없었다. 고귀한 사람이 하면 그 일도 고귀해지는 법이다. 가장 천한 일도 이 세상에는 필요한 일이라는 것을 헤라클레스는 몸소 실천해 보였다. 사소한 일도 정성을 다하면 가치를 발하는 법이다. 누군가를 돕는 일이라면 하찮음과 고결함을 나눌 수 없다. 궂은일을 할수록 헤라클레스의 체면은 깎이는 것이 아니라 오히려 더 올라갔다. 이것은 헤라 여신조차 알지 못했다.

"영웅이라는 사람이 정말 안됐네."

"그러게 말이야. 죗값을 치르려고 너무 열심히 하는군."

사람들은 노예 생활을 하는 헤라클레스를 측은하게 여겼고, 그의 겸손함에 모두 존경심을 보였다.

"주인님, 잠시만 시간을 주시면 북쪽의 괴물을 해치우고 오겠습니다."

"주인님, 사람들을 괴롭히는 산적을 처치하고 오겠습니다."

2년 동안 헤라클레스는 못된 짓을 하는 자들을 응징했고 괴물들을 잡아 없애기도 했다. 그는 사람들에게 도움을 주며 자신의 과업을 이루어나갔다.

마침내 2년이 지나자 헤라클레스는 옴팔레 밑에서 굴욕적인 노예 생활을 끝냈다. 그는 이피토스를 죽인 죗값을 치르고 자유의 몸이 되어 그리스로 돌아가려고 했다.

그리스로 가는 길에 그는 케르베로스를 잡으려고 하데스의 왕국에 갔을 때 자신의 누이를 보호해달라고 했던 멜레아그로스가 생각났다.

'아, 멜레아그로스가 여동생을 부탁했었지?'

그 순간 헤라클레스는 깨달았다.

'내가 이토록 고생한 것은 그의 여동생 데이아네이라를 아내로 맞이하라는 운명이었구나.'

멜레아그로스와 약속한 것을 어느새 잊고 엉뚱하게도 이올레와 결혼하려 했으니 사달이 날 수밖에 없었다.

'데이아네이라에게 가서 그릇된 것을 바로잡자.'

헤라클레스는 아이톨리아에 있는 칼리돈으로 향했다. 오이네우스 왕이 다스리는 그곳에 가서 데이아네이라와 결혼하게 해달라고 청할 계획이었다.

마침내 칼리돈에 도착해 보니 그리스 전역에서 뛰어난 청년들이 모두 모여 있었다. 헤라클레스가 그들에게 물었다.

"자네들 같은 영웅들이 왜 이곳에 왔는가?"

"우리는 오이네우스 왕에게 씨름으로 도전해서 그 딸인 데이아네이라를 아내로 맞이하기 위해 왔소."

젊은 청년들의 온몸에는 근육이 불끈불끈했다.

"오, 정말 훌륭한 영웅들이군."

헤라클레스는 그들의 몸을 보며 감탄했다.

그중에는 강의 신 아켈로스도 있었다. 아켈로스는 씨름할 때 변신술을 부리는 자였다. 황소로 변했다가 인간으로도 변했다가 괴물로도 변했다. 간혹 세 가지가 합쳐진 모습으로 나타나기도 했다. 그래서 아켈로스와 씨름해서 이긴 자가 없었다. 게다가 그는 강의 신이기에 온몸에 물이 줄줄 흐르고 수염에서는 거품이 일어났다. 그의 얼굴만 봐도 데이아네이라는 결혼하느니 차라리 죽고 말겠다고 할 것이다.

마침내 신랑을 뽑기 위한 씨름 대회가 열렸다. 경기장에 들어선 청년들은 아켈로스를 보자마자 두려워 지레 포기하고 나가버렸다.

"아하하! 아름다운 데이아네이라는 나의 것이다."

그가 당당하게 승리를 외치려 할 때 헤라클레스가 모습을 드러냈다.

"아직은 이르네. 나와 씨름해서 이겨야지."

그러자 아켈로스는 헤라클레스를 능멸했다.

"헤라클레스, 너는 나를 이길 수 없다. 이제까지 나를 이긴 자가 없으니. 나는 그리스 모든 강의 아버지다. 너같이 여기저기 떠돌아다니는 노예와 씨름할 사람이 아니야."

헤라클레스는 웃었다.

"하하하, 너는 괴상한 모습으로 사람들에게 겁이나 주는 비겁한 자가 아니냐? 그따위 편법으로 이기는 것은 진정한 승리가 아니다."

"뭐라고? 지금까지 나를 이렇게 모욕한 자는 없었다. 용서하지 않겠다."

아켈로스는 분노하여 덤벼들었다. 두 사람은 서로 어깨를 맞붙잡고 힘을 주었다. 아켈로스는 깜짝 놀랐다. 이토록 강한 힘을 가진 인간을 만난 적이 없었다. 사자로 변신했지만 이미 괴물 사자까지 죽였던 헤라클레스 아니던가.

"에잇, 안 되겠다."

아켈로스는 뱀으로 변해 팔에서 스르륵 빠져나왔다. 하지만 헤라클레스는 뱀도 수없이 죽여보았다. 목을 붙잡고 놔주지 않아 숨이 막힐 지경이 되자 아켈로스는 황소로 돌변했다. 그러나 황소 역시 신물 나도록 잡아 목을 비틀어 끌고 다니던 헤라클레스였다. 그대로 쇠뿔을 잡고 허공에서 360도 돌려 땅바닥에 메다꽂았다. 그리고 뿔 하나를 꺾어버렸다.

"자, 이래도 덤비겠느냐?"

아켈로스는 부끄럽고 창피한 나머지 말까지 더듬고 말았다.

"내, 내 뿔을 돌려줘."

"패배를 인정하면 뿔을 돌려주지."

"데이아네이라는 네가 가져라. 나는 필요 없다."

마침내 헤라클레스는 최후의 승자가 되어 오이네우스의 딸과 결혼했다. 사람들은 최고의 영웅과 최고의 여인의 결혼에 기쁨으로 환호했다.

달콤한 신혼생활을 보내고 나서 헤라클레스는 트라키스에 보금자리를 만들기로 결심했다. 친구인 케익스 왕이 다스리는 곳이다. 그의 아내 알키오네와 데이아네이라는 친구가 될 수 있었다.

두 사람이 에베노스강을 건너가려 할 때였다. 네소스는 자신의 등에 사람을 태워서 강 건너까지 데려다주고 돈을 받았다. 네소스는 반은 사람이고 반은 말인 켄타우로스였다.

"내 아내를 태워서 강 건너편으로 가주게. 나는 헤엄쳐서 건너가면 되네."

"좋소."

돈을 받은 네소스는 아름다운 데이아네이라를 등에 태우고 강을 건넜다. 헤라클레스는 헤엄쳐서 그 뒤를 따라갔다. 그런데 건너편에 도착해 보니 네소스가 데이아네이라를 등에 태우고 그대로 도망치는 것이었다.

네소스는 헤라클레스를 향해 소리쳤다.

"네놈이 과거에 우리 족속을 모조리 죽이지 않았느냐. 어디 너도 네가 가장 사랑하는 여인을 잃어봐라!"

그때 데이아네이라가 비명을 질렀다.

"헤라클레스! 살려줘요!"

그녀는 뛰어내리려 했지만 네소스는 건장한 팔로 그녀를 꽉 붙잡고 점점 멀리 달아났다.

그러나 헤라클레스는 뒤쫓지 않았다. 그는 침착하게 히드라의 독을 묻힌 화살을 꺼내 시위에 걸었다. 그러고는 달려가는 속도와 화살의 속도를 감안해 네소스의 앞쪽으로 화살을 날렸다. 화살은 달려오는 네소스의 심장을 그대로 꿰뚫어버렸다. 네소스는 쓰러져 나뒹굴었고, 데이아네이라는 저만치 풀숲으로 떨어졌다. 마음씨 착한 그녀는 그래도 죽어가는 네소스에게 다가왔다.

"괜찮아요? 왜 나를 납치하려고 했어요? 어머, 이 피 좀 봐."

네소스는 마음에 드는 여인을 두고 죽어야 한다는 사실이 너무나 원통하고 안타까웠다. 그래서 헤라클레스에게 복수하기로 했다. 네소스는 죽어가기 전에 데이아네이라에게 속삭였다.

"미, 미안하오, 데이아네이라. 나를 용서해주시오."

"괜찮아요. 당신을 용서합니다."

부질없는 줄 알면서도 착한 데이아네이라는 옷을 찢어 네소스의 상처를 꾹 눌러주었다.

"당신에게 용서를 비는 뜻에서 내 피를 작은 병에 담아두시오."

"왜 그래야 하죠?"

"이 세상에서 둘도 없는 영웅인 당신의 남편은 많은 여자들의 유혹을 겪게 될 거요. 어느 날 그가 당신에게 싫증 나서 떠나가려 할 때 그의 옷에 이 피를 뿌리면 다시는 떠나지 않을 거요. 내 피에는 마법의 힘이 있다오."

네소스는 숨을 거두었다. 마음씨 착한 데이아네이라는 가지고 있던 작은 화장품 병에 네소스의 피를 받았다. 그의 피에는 이미 히드라의 무시무시한 독이 섞여 있다는 것을 전혀 알지 못했다.

그사이 헤라클레스가 다가와 죽은 네소스를 보며 말했다.

"못된 놈! 남의 여자를 탐하다니."

헤라클레스는 데이아네이라를 부축해 일으키고 다시 길을 떠났다.

트라키스에 정착한 그들 부부는 네 명의 아이를 낳고 행복한 가정을 꾸렸다. 하지만 영웅의 타고난 숙명은 위험한 곳을 다니며 과업을 쌓는 것이었다. 헤라클레스에게 도움을 구하기 위해 많은 영웅들이 찾아왔고, 전쟁에 나가라는 명령이 수시로 내려왔다.

급기야 라오메돈 왕이 다스리는 트로이아를 치러 가는 원정대가 결성되었다. 원정대는 헤라클레스를 지도자로 선출했다. 트로이아는 예로부터 물자와 사람이 풍부한 곳이어서 주변 도시들이 눈독 들이는 곳이었다. 라오메돈 왕은 헤라클레스가 자신의 딸 헤시오네를 구해주었는데도 약속을 지키지 않은 자였다.

헤라클레스는 각 지역에서 차출된 군사를 모아서 열여덟 척의 배를 이끌고 트로이아로 향했다.

해안에 도착한 헤라클레스는 트로이아 성을 둘러싸고 공격할 준비를 했다. 이 가운데는 살라미스의 영웅 텔라몬도 있었다. 그는 헤시오네를 한순간도 잊지 않았다.

전쟁이 시작되자 텔라몬은 앞으로 돌진했다. 그는 성벽을 부수고 맨 먼저 도시로 진입했다. 트로이아의 성벽은 이전만큼 공고하지 않았다. 성안으로 들어가려던 텔라몬은 헤라클레스가 뒤따라오자 재빨리 돌멩이들을 쌓아 올렸다.

헤라클레스가 물었다.

"무엇을 하고 있는 건가?"

"승리의 신인 헤라클레스 당신을 위해 제단을 쌓고 있소."

"어허, 내가 무슨 승리의 신인가?"

헤라클레스는 기뻐하며 뒤따라오는 부대와 함께 트로이아 성안으로 진격했다. 그들은 라오메돈의 궁을 습격하여 승리를 이끌었다. 라오메돈은 죽었고, 수많은 사람들을 포로로 잡았다.* 그들 중에는 헤시오네와 오빠인 포다르케스도 있었다. 헤라클레스는 헤시오네를 텔라몬에게 넘겨주었다. 헤시오네는 눈물을 흘리며 말했다.

"아버지가 잘못한 것은 맞습니다. 하지만 저의 목숨을 구해주신 당신에게 다시 한 번 애원합니다. 오라버니는 풀어주세요. 그러면 저의 슬픔이 가실 겁니다."

그러자 헤라클레스가 말했다.

"가장 큰 죄를 지은 자가 그대의 오라버니요. 그대는 목숨을 부지하고 있는 것만으로도 큰 은혜를 받았음을 알아야 하오."

그러나 텔라몬은 자신이 사랑하는 헤시오네에게 잘 보이고 싶었다.

"헤라클레스, 간청하건대 호의를 베풀어주시오."

그 순간 헤라클레스는 말했다.

"그자를 절대 그냥 풀어주지 않겠소. 다만 돈을 주고 산다면 풀어줄 수 있소."

돈이라고는 없었던 헤시오네는 다시 애원하는 목소리로 말했다.

"저의 베일을 드릴 테니 제발 오빠를 풀어주세요."

찬란하고 아름다운 베일을 건네주자 헤라클레스는 웃으며 말했다.

"좋다. 여자가 베일을 벗는다는 것은 자신의 모든 것을 준 것이나 마찬가지다. 그대의 오빠를 자유롭게 풀어주겠다."

그리하여 오빠의 이름을 '구출된 자'를 뜻하는 프리아모스로 바꿔주었다. 헤라클레스는 매년 조공을 바쳐야 한다는 조건으로 그를 트로이아의 왕위에 앉혔다.

헤라클레스는 개선장군이 되어 고향으로 돌아가는 배를 탔다. 하지만 헤라는 그를 내버려두지 않았다. 헤라클레스의 배가 무사히 돌아가지 못하도록 거대한 폭풍우를 일으켰다.

"풍랑이 거세서 앞으로 나아갈 수가 없습니다!"

"배가 멋대로 흘러갑니다!"

여기서 잠깐!!

헤라클레스는 분노하여 트로이아를 공격하고 성을 점거했어. 이 이야기는 두 가지 측면이 있어. 라오메돈과 트로이아 축성의 이야기는 약속의 중요성과 배신의 결과를 잘 보여줘. 이런 덕목은 고대에도 인간 사회에서 중요한 것이었지. 신들과 맺은 약속을 어긴 라오메돈은 큰 대가를 치르는 걸로 이야기가 전개돼. 약속을 지키는 것이 신뢰를 쌓는 기본이며, 이를 어길 경우 큰 불이익을 초래할 수 있다는 교훈을 주는 거야. 또 하나의 측면은 그리스로 대표되는 서양과 트로이아로 대표되는 동양의 문화 충돌이야. 서로 적이 될 수밖에 없는 필연적인 입장이 반영된 것이지.

배는 엉뚱하게 포스섬으로 떠밀려 갔다. 낯선 배들이 나타나자 주민들은 모두 당황했다.

"해적선이다!"

"저자들이 상륙하지 못하도록 공격하라!"

주민들은 화살과 돌덩이를 비 오듯이 퍼부었다. 헤라클레스도 돌에 맞아 부상당할 정도로 처참한 패배였다. 배 여러 척이 파손되어 침몰하자 헤라클레스는 화가 머리끝까지 솟구쳤다.

"저자들을 반드시 응징하리라. 돌격하라!"

헤라클레스는 날아오는 돌을 뚫고 육지에 내려 단번에 그들을 진압했다. 주민들은 자신들이 오해했음을 깨닫고 정중히 사죄했다.

"죄송합니다. 해적들이 하도 자주 나타나기에 그만 오해했습니다."

"저희가 사죄의 뜻으로 먹을 것을 장만했습니다."

그들은 풍부한 음식과 선물로 헤라클레스의 화를 풀어주었다.

이때 제우스는 헤라클레스가 부상당한 것을 보았다. 자신의 아들이 다치자 화가 나서 주위에 물었다.

"헤라클레스의 상처는 어떻게 해서 생긴 것이냐?"

"헤라 여신께서 못마땅해하시더니 폭풍우를 일으켰습니다. 그래서……."

제우스는 더 이상 참을 수가 없었다. 이 모든 짓을 꾸민 헤라에게 벌을 내리기로 했다.

"헤라를 매달아라."

제우스는 거대한 황금 사슬로 여신을 묶어서 하늘과 땅 사이의 구름에 매달고 발에는 쇳덩어리까지 묶었다. 헤라는 사지가 찢기는 고통에 비명을 지르며 도와달라고 부르짖었다.

"살려주세요. 제우스여, 도와주세요. 신들이여, 내가 어찌 이런 벌을 받아야 하오?"

하지만 신들은 제우스 신이 두려워서 감히 헤라를 도울 수 없었다. 제우스는 신들에게 경고했다.

"누구라도 죄인을 도우면 지상으로 내쫓겠다!"

신들이 가장 두려워하는 벌이었다. 지상으로 내려오는 순간 인간이 되어 불멸성은 사라지고 언젠가는 죽음을 맞이해야 하기 때문이다. 그동안 제우스도 참을 만큼 참았던 것이다.

10

신이 된 헤라클레스

또다시 위기에 봉착한 헤라클레스는 전화위복의 기회를 맞이했다. 이때 대지의 여신 가이아의 자식들인 거인 기간테스가 전쟁을 선포한 것이다.

"이제 우리가 온 세상을 차지할 것이다."

"올림포스의 신들은 우리에게 자리를 내놓아라!"

이것이 바로 '거인들과 신들의 싸움' 기간토마키아이다.

깊은 산맥, 기간테스들은 암흑 속에서 웅성거렸다. 우레 같은 목소리가 여기저기서 울려 퍼질 때 그들의 리더 알키오네우스가 손을 들어 회의를 시작했다.

"이제는 신들을 몰아내고 우리의 시대를 열어야 할 때다."

그는 결의에 찬 목소리로 말했다. 거대한 바위들과 불타는 횃불들이 그들의 무기가 되었고, 요동치는 대지는 그들의 분노를 나타냈다. 그 순간, 대지의 여신이자 그들의 어머니인 가이아가 땅을 가르며 모습을 드러냈다.

"나의 아이들아, 너희는 나의 희망이다."

"어머니!"

기간테스들은 모두 고개를 조아렸다. 그녀는 따뜻한 미소와 함께 말했다.

"올림포스의 신들은 오랫동안 너희를 억압해왔다. 이제 너희가 힘을 합쳐 자유를 쟁취할 때가 왔다."

가이아는 손가락으로 땅을 짚어 땅의 기운을 모아 그들에게 힘을 불어넣었다.

"이 대지는 나의 선물이다. 너희가 이 대지의 아들이란 사실을 잊지 말아라."

"우워!"

그녀의 격려에 기간테스들은 함성을 터뜨리며 땅을 가르고 세상으로 나왔다. 그들은 대지를 뒤흔드는 발걸음으로 올림포스를 향해 진격을 시작했다.

거인들은 신들을 무자비하게 몰아붙였다. 그들은 너무나도 강력한 존재였다. 아무리 쓰러뜨려도 대지의 여신 가이아가 힘을 불어넣어 죽지 않고 다시 일어나 싸웠다. 신들은 힘을 합쳐 싸우는데도 서서히 밀려나기 시작했다.

아테나 여신은 제우스에게 달려가서 간청했다.

"제우스 신이시여! 당신의 아들이 필요합니다."

"내 아들 헤라클레스 말이냐?"

"그렇습니다."

"안 된다! 신들에게도 자존심이 있지, 어찌 인간의 도움을 받는다는 말이냐?"

평소에 헤라클레스를 도와주던 신들이 이번에는 그에게 도움을 요청하려고 했다. 하지만 제우스는 완강히 반대했다. 두려움에 떨던 아테나는 올림포스로 진격해 오는 거인들의 눈을 피해 몰래 헤라클레스에게 내려갔다.

"헤라클레스, 그대의 도움이 필요하다."

"여신이시여, 기간테스들은 도대체 어떤 신입니까?"

"그들은 신이 아닌 불멸의 존재이다."

기간테스들은 그야말로 소름 끼치는 외모를 가지고 있었다. 그들의 굵은 다리는 꿈틀거리는 뱀이었고, 머리카락과 수염은 자랄 대로 자라 덤불 같았다. 몸집은 땅부터 하늘까지 닿을 정도로 컸다. 게다가 산을 뽑아 던질 수 있는 힘을 가지고 있었고, 그 무엇보다 가장 위험한 것은 수적으로 많다는 것이었다. 신들보다 열 배나 더 많은 그들은 인해전술로 덤벼들기 때문에 더욱 강력한 위력을 발휘했다.

게다가 가이아는 하늘에 있는 올림포스를 차지하기 위해 땅에 있는 마법의 약을 아들들에게 주었다. 그 약을 먹은 기간테스들은 신들의 무기에는 털끝 하나 다치지 않았다. 막강한 힘을 가진 진격의 거인들은 신들을 올림포스에서 끌어내리고 이 세상을 지배하기로 결심했다. 이들이 올림포스를 차지한다면 이 세상에 남는 것은 암흑뿐이다. 고통과 괴로움만이 인간을 지배할 것이 불을 보듯 뻔했다. 거인과의 전쟁에서 위기에 몰린 신들이 인간의 도움을 받아야 하는 형국이었다.

헤라클레스가 물었다.

"지금 전세가 어떻게 흘러가고 있습니까?"

"기간테스들은 바위를 쌓아 올려 올림포스산에 버금갈 정도로 높은 산을 만들었다. 제우스 신께서 닥치는 대로 벼락을 쏘아 무너뜨리지 않았다면 올림포스산은 무너졌을 것이다."

잠시 밀려난 거인들은 고향이 있는 칼키디케반도에서 막판 승부를 벌이고 있었다. 신들이 아무리 벼락을 쏘고 창과 활을 던져도 어미인 대지의 여신 가이아가 준 마법의 약을 먹은 그들은 다치거나 죽지 않았다. 그야말로 무적이었다.

"아버지 제우스 신께서 허락하셔야 도와드릴 수 있습니다."

헤라클레스는 정중히 거절했다. 신들에게 공식적인 인정을 받기 전에는 섣불리 나서고 싶지 않았다. 아테나는 할 수 없이 올림포스산으로 돌아갔다.

신들은 연일 대책 회의를 열고 있었다.

"기간테스를 무찌를 방법이 없소."

"우리가 가진 무기로는 도저히 이길 수 없소."

신들이 모두 고통스러운 얼굴로 말했다. 그때 헤라클레스를 만나고 돌아온 아테나 여신이 입을 열었다.

"인간의 무기라면 어떻게 될지 모르겠소."

헤라클레스를 염두에 둔 말이었다.

"인간의 무기라고? 하지만 저 무서운 기간테스들에게 맞설 만큼 용기 있는 인간이 몇이나 되겠소? 작은 요정만 봐도 무서워서 벌벌 떠는 인간들 아니오?"

"헤라클레스가 있지 않습니까?"

"아, 헤라클레스."

신들은 모두 고개를 끄덕였다. 자신들과 겨루어도 이길 정도로 강력한 영웅이라는 것을 모두 인정하고 있었다.

"헤라클레스라면 올림포스를 구할 수 있을 것입니다. 게다가 그는 히드라의 독을 가지고 있습니다. 화살에 독을 묻혀서 쏘면 어떠한 존재도 살아남을 수 없습니다."

아테나는 열변을 토했다. 별다른 대안이 없자 마침내 제우스도 헤라클레스의 참전을 허락했다.

아테나가 다시 헤라클레스를 찾아갔다.

"그대의 도움이 필요하다고 신들이 모두 수긍했다."

헤라클레스는 아버지 제우스를 위해서라도 참전하지 않을 수 없었다.

"그렇다면 미력하나마 힘을 보태겠습니다."

헤라클레스는 서둘러 전쟁터로 달려갔다. 전투가 한창이던 칼키디케의 바닷가는 하늘에서 벼락이 내리쳐 대지가 뒤흔들렸다. 화산에서는 불이 마구 뿜어져 나왔고, 바다에서 불어온 성난 폭풍과 해일은 육지를 집어삼킬 듯했다.

신들은 있는 힘을 다해 싸웠지만 별다른 승산이 보이지 않았다. 오히려 기간테스들에게 밀려나 과거에 티탄 신족을 밀어냈던 타르타로스로 떨어지는 벼랑 끝까지 내몰렸다. 그대로 밀어붙이면 신들은 이 세상에서 밀려날 상황이었다.

이 엄청난 싸움에 단 한 명의 인간인 헤라클레스가 나타났다. 그는 전세를 파악한 다음 작전을 세웠다.

"나는 헤라클레스다. 내가 왔다!"

헤라클레스는 벼락처럼 외치더니 활을 꺼내 맨 앞에 있는 기간테스를 향해 쏘았다. 화살은 유성처럼 날아가 기간테스의 몸에 꽂혔다. 헤라클레스가 쏜 화살에 스치기만 해도 기간테스들은 산이 무너지듯 쓰러졌다. 화살 세 개로 세 명의 기간테스를 쓰러뜨린 뒤 네 번째 화살은 알키오네우스의 가슴에 꽂혔다. 하지만 그는 쓰러지지 않았다.

"앗, 왜 죽지 않는 거지?"

헤라클레스는 잠시 당황했다. 이를 본 아테나가 재빨리 다가와서 말해주었다.

"헤라클레스, 팔레네를 발로 딛고 있는 기간테스는 죽지 않아."

그리스 칼키디케반도의 서쪽 끝 팔레네는 기간테스가 태어난 고향이다.

"그렇다면 방법이 있습니다."

헤라클레스는 달려가서 억센 팔로 알키오네우스를 번쩍 들어 다른 장소에 내려놓았다. 그러자 거인은 쓰러져 죽고 말았다.

전세가 역전되는 듯하자 기간테스들은 새로운 작전에 들어갔다.

"안 되겠다. 헤라 여신을 인질로 잡자!"

"그럼 우리가 유리해지지."

기간테스들이 허공에 매달려 고통받고 있는 헤라를 확보하려고 달려갔다. 헤라클레스는 헤라를 잡으러 가는 기간테스들을 쫓아가 화살을 쏘았다. 화살에 맞은 기간테스는 그 자리에서 쓰러져 죽었다. 마침 헤라는 제우스에게 용서를 받고 이제 막 싸움을 시작하려던 터에 헤라클레스가 달려와 구해준 것이었다.

"헤라 여신님, 괜찮으십니까?"

"네가 나를 구하다니……."

헤라는 믿기지 않는 듯 중얼거렸지만, 헤라클레스의 손길에서 느껴지는 진심은 부인할 수 없었다.

"어서 가셔서 제우스 신을 도와 기간테스들을 물리쳐야 합니다."

"알겠다."

헤라는 황급히 자리를 박차고 일어섰다. 헤라클레스를 보는 헤라의 시선은 차가웠지만, 그 안에는 미묘한 당혹감과 약간의 고마움이 섞여 있었다. 헤라클레스가 다시 전투를 하러 달려가자 헤라가 따라가며 말했다.

"이번 일은 제우스에게 비밀로 해두겠다."

"그러십시오. 저는 상관없습니다."

"네가 나를 구했다고 우리가 화해한 것으로 착각하지 마라."

헤라클레스는 미소를 짓고 달려갔다. 둘 사이의 긴장은 여전히 팽팽

했지만, 새로운 변화가 있으리라는 건 분명했다. 무엇보다 헤라클레스는 영웅이었다. 사소한 감정에 흔들리지 않았다.

신들을 돕는 헤라클레스의 고귀한 정신 앞에서 헤라는 부끄러움을 느꼈다. 헤라클레스가 자신의 계략과 과업에 빠져서 죽었다면 헤라 자신도 지금 여기서 살아남지 못했을 것이다. 헤라가 이런 생각을 하고 있는 동안에도 헤라클레스는 적들을 물리치며 신들을 구하느라 여념이 없었다. 아프로디테를 쫓아가는 일곱 명의 기간테스도 차례로 활을 쏘아 죽였다.

헤라클레스가 투입되고 나서 전세는 점점 역전되었다. 기간테스의 기세가 약해지자 마침내 신들이 역공을 시작했다. 아테나의 창에 거인 팔라스가 쓰러졌다. 헤파이스토스는 달군 쇠로 클리티오스를 태워 죽였다.

당황한 거인들은 헤라클레스에게 주목했다.

"이게 다 헤라클레스 때문이다. 모두 헤라클레스를 공격하라."

열 명이 넘는 거인들이 한꺼번에 덤벼들었지만 헤라클레스는 당황하지 않았다. 빛의 속도와 같이 화살을 쏘아서 거인들을 넘어뜨렸다. 정확하게 화살 하나에 기간테스 하나씩 쓰러졌다. 마침내 거인은 단 둘만 남게 되었다.

"앗 이럴 수가! 다들 어디 간 거야?"

"가긴 어딜 가? 전부 다 저 헤라클레스의 화살에 맞아 죽었지."

"믿을 수가 없다. 신보다 더 무서운 인간이 있다니."

"우리라도 목숨을 부지하자!"

서로 얼굴을 마주 보던 기간테스들은 도망쳤다. 모든 전쟁은 잔당을 제거해야 끝나는 법이다. 포세이돈은 섬에서 산을 뽑아내 기간테스의 머리를 쳐버렸다. 그중에 가장 강력한 기간테스 하나는 아테나 여신이 산을 넘고 바다 건너 끝까지 추격하여 시켈리아섬 전체를 들어서 거인의 몸 위에 올리고 눌러버렸다. 하지만 기간테스는 섬에 깔리고도 죽지 않고 꿈틀거렸다. 가끔씩 힘을 모아 몸을 부르르 떨 때마다 지진이 일어났다.

이 전쟁이야말로 헤라클레스가 이룬 업적 중에 최고였다. 마침내 신들은 헤라클레스에게 진심으로 고마워했다.

"제우스의 아들, 인간 헤라클레스. 우리 올림포스는 그대에게 큰 신세를 졌노라. 또한 미안한 마음도 가득하다. 우리를 돕느라 그동안 수고 많았다. 덕분에 승리를 거뒀어."

"위대한 신들이시여, 여러분의 찬사와 감사를 받기에는 제가 한 일이 너무나도 미미합니다. 모든 승리의 영광은 여러분의 지혜와 힘에 있었습니다. 그러나 인간으로서 제가 이 자리에 설 수 있었던 것은 끊임없는 도전과 용기가 있었기 때문임을 말씀드리고 싶습니다. 우리 인간은 신처럼 강하지 않고 영원하지 않지만, 짧은 생애 속에서도 불가능한 일들을 이뤄낼 수 있다는 점에서 위대합니다. 고통 속에서도 희망을 찾고, 약한 자신을 강하게 만들며, 끝내 자신의 운명을 개척하려는 존재들이 바로 인간입니다. 오늘 저는 인간의 힘으로 신들을 도왔지만, 그것은 여러분께서 제게 믿음과 기회를 주셨기에 가능했습니다. 앞으로도 인간과 신이 함께 나아간다면 어떤 위협도 우리를 꺾을 수 없으리라 믿습니다. 함께라면 모든 것이 가능하니까요. 저는 아직 할 일이 남아 있어 지상으로 돌아가겠습니다."

헤라클레스는 신들의 칭찬을 뒤로하고 다시 자신의 맹세를 지키기 위해 지상으로 돌아왔다.★ 자신에게 모욕을 준 오이칼리아의 에우리토스 왕을 벌하기 위해서였다.

에우리토스 왕은 여전히 자신의 군대만을 믿고 헤라클레스를 깔보고 있었다. 오히려 헤라클레스가 모든 과업을 마치고 자유로워져도 감히 자신을 죽이러 오지 못할 것이라고 떠들어댔다.

"그자는 우리를 두려워하는 것이야. 겁쟁이 같으니라고. 하하하."

하지만 그의 예상과 달리 헤라클레스는 젊은이들을 이끌고 원정대를 꾸렸다. 그의 군사들은 오이칼리아를 쑥대밭으로 만들었고, 에우리토스는 아들들과 함께 모두 죽고 말았다. 포로들은 원래 승자들의 몫이다. 헤라클레스는 용모가 수려하고 건강해 보이는 두세 명의 남자와 여자들을 골라 심복인 리카스를 불러서 말했다.

여기서 잠깐!!

헤라클레스라는 이름의 강력함은 오늘날에도 애용되고 있어. 많은 체육관, 헬스 보조제, 운동 장비 브랜드에서 힘과 근육을 상징하는 헤라클레스 관련 로고나 심벌마크가 사용되고 있지. 그리고 강력하고 견고한 이미지를 위해 헤라클레스의 이름을 차 모델명으로 쓰기도 해. 허머와 같은 강력한 SUV 모델에서 헤라클레스의 느낌을 주고 있지. 그뿐만 아니라 애니메이션이나 영화에도 자주 등장해. 가장 강력한 건 무기 체계야. 헤라클레스의 영어 표기인 허큘리스는 미사일 이름으로 사용된 바 있어. 미국의 강력한 무기나 방위 시스템에 쓰일 정도라면 서양인들에게 헤라클레스의 이미지가 얼마나 강렬한지 알 수 있어. 강인함, 신뢰성, 그리고 어려움을 극복하는 상징으로 현대 문화와 상업에 널리 쓰이고 있지.

"이자들을 집으로 데려가거라. 우리 집의 노예로 쓰겠다."

리카스는 노예로 쓸 포로들을 데리고 먼저 집으로 돌아갔다.

데이아네이라가 오이칼리아에서 데려온 노예들을 살펴보는데, 그중에 젊고 아름다운 여인이 있었다.

"저 여인은 도대체 누구냐?"

"과거에 주인님과 결혼할 뻔했던 여인입니다."

"뭐라고?"

"에우리토스 왕의 딸 이올레라고 합니다."★

그 순간 데이아네이라의 가슴속에서 질투가 뿜어져 나왔다.

'아, 저 여자를 아내로 삼으면 나는 어떻게 되지?'

그도 그럴 것이 이올레는 자신보다 훨씬 젊고 아름다웠다. 헤라클레스가 왜 이올레를 집으로 보냈는지는 알 수 없었다. 하지만 어쨌든 데이아네이라는 질투에 사로잡혀 이성이 흔들리기 시작했다. 헤라클레스의 마음이 자신에게서 떠날까 봐 두려웠다.

'어떡하면 좋지? 그가 돌아오면 저 여인에게 마음을 줄 것이 뻔한데.'

고민하던 데이아네이라의 머릿속에 네소스의 말이 떠올랐다.

'그래, 남편이 다른 여자 때문에 나를 떠나려고 할 때 그의 옷에 이걸 바르라고 했어.'

그녀는 네소스의 피가 담긴 병을 꺼냈다. 피는 굳지 않고 갓 뽑은 것처럼 선명한 붉은빛을 띠었다. 그것이 히드라의 독이라는 것을 알지 못한 채 헤라클레스의 새 옷을 꺼내 그 피를 묻혔다. 그리고 리카스를 불렀다.

"리카스, 이 옷을 주인님에게 갖다 드려라. 제우스 신께 제를 올릴 때 이 옷을 입으면 좋겠구나."

"알겠습니다."

리카스는 옷상자를 받아서 전속력으로 달려갔다.

데이아네이라는 석판 위에 다른 옷을 펼쳐 놓고 피를 한두 방울 떨어뜨려서 발랐다. 다음 날 해가 떠오르자 햇빛을 받은 독에서 거품이 일더니 마침내 석판 전체가 녹아내렸다. 이것을 본 데이아네이라는 당황했다. 자신이 무슨 짓을 저질렀는지 비로소 깨달은 그녀는 절규하듯 아들 힐로스를 불러서 소리쳤다.

"아들아, 아들아! 오이칼리아로 어서 가거라. 네 아버지를 살려야 한다. 내가 모르고 독 묻은 옷을 보냈구나."

"어머니, 무슨 말씀을 하시는 거예요? 아버지의 옷에 독이 묻었다니요?"

데이아네이라는 자세히 설명할 겨를이 없었다.

"일단 어서 가거라. 한시가 급하다. 그 옷을 절대 입지 못하게 해야 한다."

여기서 잠깐!!

일설에 의하면 헤라클레스가 데이아네이라에게 이올레를 보내지는 않았다고 해. 헤라클레스가 제우스의 신전에서 제사를 지내려고 옷을 보내라고 했는데 데이아네이라가 보지도 않고 의심 마귀가 들어 독 묻은 옷을 보냈다는 거야. 신화를 보면 여인들의 질투로 영웅들이 허무하게 무너지는 이야기가 많아. 인간의 삶이란 원래 허무하기 짝이 없지.

힐로스는 곧바로 말을 타고 전속력으로 달려갔지만 이미 늦었다.

아침 일찍 헤라클레스는 승리를 기뻐하며 아내가 보내준 새 옷을 입었다. 그리고 제우스 신에게 제물을 바치고 제를 올리기 위해 두 손을 뻗었다.

"아버지 제우스 신이시여, 당신에게 승리를 알리옵니다."

그와 동시에 태양이 떠올랐다. 햇빛을 받은 영웅의 자태는 더없이 늠름하고 화려했다. 모든 사람들이 신과 같은 그의 앞에서 무릎을 꿇고 정중히 제우스 신에게 감사의 제를 올릴 때였다.

그때 저만치에서 힐로스가 헐떡이며 달려왔다.

"아버지! 옷을 벗으세요! 그 옷을 벗으셔야 합니다."

"무슨 말이냐?"

"그 옷에 독이 묻어 있습니다. 어머니께서 독을 발랐다고 합니다."

순간 헤라클레스는 옷이 조여드는 것을 느꼈다. 재빨리 옷을 벗으려 했으나 이미 독은 온몸에 스며들었다. 살갗을 파고든 옷을 찢어낼 수도 없었다.

"으아아!"

헤라클레스는 그 자리에서 쓰러졌다. 그 누구도 쓰러뜨리지 못했던 영웅이 여인의 질투에 힘없이 무너져 내렸다.

"아아악! 나를 살려다오!"

고통에 찬 비명을 질러댔지만 소용없었다. 올림포스의 신들까지 놀라 아래를 내려다보았다. 내막을 알게 된 신들은 모두 데이아네이라를 비난했다.

"저런 어리석은 계집이 있나? 질투심에 사로잡혀 천하의 영웅을 죽이다니."

헤라클레스는 자신의 운명을 받아들였다.

"나를 트라키스로 데려가거라. 데이아네이라가 자신이 한 짓을 보게 하라."

사람들은 비명을 지르는 헤라클레스를 배에 싣고 트라키스로 갔다. 그 배에는 아들 힐로스도 타고 있었다. 배가 항구에 도착하자마자 힐로스는 어머니에게 달려가서 원망 어린 목소리로 말했다.

"어머니! 아버지께서 오셨습니다. 당신이 무슨 짓을 저질렀는지 보십시오. 인간으로서 가장 훌륭하고 명예로운 자를 당신이 어떻게 하셨는지 보세요!"

데이아네이라는 남편 헤라클레스가 죽어간다는 말에 진실을 깨달았고, 너무나 큰 책임을 감당할 수 없었다.

"내 어리석은 질투와 의심이 당신을 죽게 만들다니……. 아아! 이게 정말 꿈인가 생시인가?"

그녀의 울부짖음은 사방으로 울려 퍼졌다.

그녀는 손에 든 독병을 멀리 던지고 자신의 불타오르던 질투가 얼마나 어리석고 끔찍한 결말을 가져왔는지 깨달았다.

"질투는 내 눈을 멀게 했고, 분노는 내 이성을 삼켜버렸어. 사랑하는 당신을 내 손으로 죽이다니……. 이것이 질투의 대가라면 너무도 가혹하구나! 사랑이란 이름으로 당신을 지키려 했던 나의 마음은 결국 악마의 손짓에 불과했어. 이제 내가 갈 길은 하나다. 으흐흐흑!"

그녀는 자기 방으로 뛰어 들어가 통곡했다. 힐로스가 뒤쫓아 들어갔을 때는 데이아네이라가 칼을 뽑아 자결하고 난 뒤였다.

힐로스는 아버지 헤라클레스에게 다가갔다.

"아버지, 어머니께서 자결하셨습니다."

인간으로서 감내하기 힘든 비극과 고통 앞에서 헤라클레스가 할 수 있는 일은 오직 자신의 운명을 정리하는 것뿐이었다.

"나를 오이테산으로 데려가거라. 신들과 가장 가까운 곳에서 죽고 싶구나."

수십 명이 달려들어 헤라클레스가 누운 들것을 들고 산꼭대기로 올라갔다.

헤라클레스가 말했다.

"주변에 있는 마른 나무들을 쌓아서 화장을 준비해라."

장작들이 쌓이자 헤라클레스는 슬픔으로 눈물범벅이 된 아들 힐로스에게 말했다.

"너는 어린 동생들과 누이를 잘 돌보아라."

"예, 아버지. 흑흑!"

힐로스는 계속 흐느끼기만 했다.

"이올레는 너의 아내로 삼기 위해 데리고 온 것이다. 나는 이미 결혼한 몸이기에 나의 아들과 결혼시키는 것으로 이피토스에게 속죄하려고 했다. 그러니 네가 어른이 되면 이올레와 결혼하여라. 자, 이제 나는 할 일을 다 했다. 불을 지펴라."

하지만 누구도 그 장작에 불을 붙일 수 없었다. 누가 감히 영웅을 태위 죽일 수 있겠는가. 하지만 계속 비명을 지르는 영웅의 고통을 누군가는 끝내 주어야 했다.

"아아악! 나에게 불을 붙여라. 무엇들 하느냐? 너희는 나의 친구들과 나의 부하들이 아니더냐? 제발 나를 고통에서 놓여나게 해다오. 친구라면 제발 날 보내다오."

하지만 그 누구도 감히 나서지 못하고 눈물만 흘릴 뿐이었다.

"힐로스, 네가 불을 붙여라."

힐로스도 차마 하지 못하고 있을 때 나선 자는 필록테테스였다. 그는 이름난 궁수였다. 헤라클레스의 명성을 좇아 그의 밑에서 항상 함께 싸우던 자였다.★

"제가 하겠습니다. 나의 마음은 찢어지지만 영웅인 그대가 이토록 고통에 몸부림치는 모습을 더 이상 보고 있을 수 없습니다."

"고맙다."

헤라클레스는 용기 있게 나선 필록테테스에게 말했다.

"나에게 불을 붙여주면 히드라의 독이 든 병과 내 활을 주겠다."

그러면서 품 안에서 한 번도 놓지 않았던

여기서 잠깐!!

일설에 의하면 이 활은 헤라클레스의 명성을 알지 못하는 테살리아 사람 포이아스가 가지고 갔다고도 해. 신전에 있는 사제들의 말을 듣고 회향나무 불씨를 장작 밑에 집어넣고 활을 받았대. 그 활을 나중에 아들인 필록테테스에게 주었고, 트로이아 전쟁에서 큰 역할을 했다는 거야.

병을 그에게 건네주었다.

필록테테스는 들고 있던 횃불을 장작더미에 쑤셔 넣었다. 활활 타오르는 불길이 비명을 지르는 헤라클레스의 몸에 닿기도 전에 갑자기 천둥 번개가 치면서 하늘이 열렸다. 날개 달린 말 페가수스 네 마리가 전차를 끌고 내려왔다. 거기에는 아테나와 헤르메스가 타고 있었다.

"헤라클레스, 너는 인간으로 태어나 신이 부여한 과업을 모두 완수하며 그 누구보다 찬란한 삶을 살았다. 너의 용기와 지혜는 인간의 한계를 뛰어넘었으며, 너는 진정한 영웅으로 우리 신들의 자랑이 되었다. 혼란 속에서 질서를 찾았고, 절망 속에서 희망을 쌓아 올렸으니, 너의 이름은 신들과 인간의 역사에 영원히 빛날 것이다. 지혜와 정의를 사랑했던 나 아테나는 너의 영혼이 이제 고통을 떠나 영광의 자리로 오르는 것을 축복한다."

아테나의 말이 끝나자 신들의 전령인 헤르메스도 웅장하게 외쳤다.

"오, 헤라클레스! 너는 인간의 땅과 신들의 세상 사이에서 다리와도 같은 존재였지. 너의 발걸음은 땅끝까지 닿았고, 너의 손길은 그 누구도 감히 다가가지 못할 곳까지 어루만졌다. 나는 너의 민첩한 결단력과 행동력을 목격하며, 너의 삶이 모든 이들에게 영감을 주기를 바랐다. 이제 내가 너를 데려가니, 너의 영혼은 더 이상 지치지 않고 새로운 하늘 아래에서 평화와 자유를 누릴 것이다."

두 신의 말이 끝나자 숲의 요정들이 일제히 벌떼처럼 달려와 불붙은 장작에 물을 부어서 꺼버렸다. 아테나와 헤르메스가 장작더미 위에 올라서자 헤라클레스는 벌떡 일어났다. 그에게서 이미 고통이 사라진 것

이었다.★

"헤라클레스, 땅에서 그대의 임무는 다 끝났다. 전차에 올라라."

헤라클레스는 웃으며 전차에 올랐다. 그들을 태운 전차는 올림포스를 향해 날아올랐다. 말들은 날개를 활짝 펴고 한없이 하늘로 올라갔다. 그 자리에 모여 있던 인간들은 전차가 까마득한 점이 되어 사라질 때까지 넋을 놓고 바라보았다.

그들이 올림포스산에 도착하자 제우스가 왕좌에서 내려와 아들을 끌어안았다.

"나의 아들 헤라클레스, 고생이 많았구나."

신들도 가슴이 뭉클해지는 것을 느꼈다.

헤라가 앞으로 나서더니 말했다.

"헤라클레스, 그대에게 고통을 주었던 모든 일들을 용서해다오."

"저는 이미 다 잊었습니다."

헤라클레스와 헤라는 마침내 화해했다.

"무엇들 하느냐? 넥타르를 가져오너라."

헤라의 딸인 헤베가 신들만이 마시는 음료인 넥타르를 가져왔다. 헤베가 넥타르 잔을 높이 들어 올리자 헤라클레스는 잔을 받아 들고 마셨다. 신들의 세계에서는 헤베가 헤라클레스의 배필이었다. 그들은 결혼하여 올림포스에서 영원한 삶을 누렸다.

헤라클레스의 이름은 지상에서도 영원히 남았다. 사람들은 누구나 헤라클레스의 놀라운 업적을 이야기했다. 그리고 그가 인간으로서 해낼 수 없는 과업을 묵묵히 해내는 과정을 통해 운명에 따르는 고통을 감내해야 한다는 것을 배웠다. 헤라클레스는 어떠한 영웅보다 많이 언급되었으며 그보다 더한 고통을 겪은 인간은 없었다. 사람들은 그의 용기를 보면서 살아갈 수 있는 힘을 얻었다. 수천 년이 지나도 그의 이름은 사람들의 뇌리에서 떠나지 않았다. 그는 영원히 살아 있는 영웅이다.

여기서 잠깐!!

헤라클레스가 화장을 택한 건 바로 그의 혼이 하늘로 올라가서 신의 세계로 들어가야 하기 때문이야. 육신이 불에 타면 인간의 물질들이 다 없어지고 신성한 부분만 남아서 올림포스로 올라간다고 하지. 영웅의 행동이나 탄생과 죽음은 단순한 이야기를 넘어서 문명과 문화를 상징하기도 해.

주석으로 쉽게 읽는

고정욱 그리스 로마 신화 ❼

초판 1쇄 인쇄 2024년 12월 27일
초판 1쇄 발행 2025년 1월 17일

지은이 고정욱
펴낸이 이범상
펴낸곳 (주)비전비엔피 · 애플북스

기획 편집 차재호 김승희 김혜경 한윤지 박성아 신은정
디자인 김혜림 이민선
마케팅 이성호 이병준 문세희 이유빈
전자책 김희정 안상희 김낙기
관리 이다정

주소 우) 04034 서울특별시 마포구 잔다리로7길 12 (서교동)
전화 02) 338-2411 | **팩스** 02) 338-2413
홈페이지 www.visionbp.co.kr
인스타그램 www.instagram.com/visionbnp
포스트 post.naver.com/visioncorea
이메일 visioncorea@naver.com
원고투고 editor@visionbp.co.kr

등록번호 제313-2007-000012호

ISBN 979-11-92641-59-1 04840
        979-11-92641-52-2 04840 [SET]